전능의 팔찌

THE OMNIPOTENT
BRACELET

김현석 현대 판타지 소설
FUSION FANTASTIC STORY

전능의 팔찌 47

김현석 현대 판타지 소설

초판 1쇄 찍은 날 § 2015년 4월 17일
초판 1쇄 펴낸 날 § 2015년 4월 24일

지은이 § 김현석
펴낸이 § 서경석

편집부장 § 권태완
편집책임 § 박은정

펴낸곳 § 도서출판 청어람
등록번호 § 제387-1999-000006호
등록일자 § 1999. 5. 31
어람번호 § 제1-2106호

주소 § 경기도 부천시 원미구 부일로 483번길 40 서경B/D 3F (우) 420-822
전화 § 032-656-4452 팩스 § 032-656-4453
http://www.chungeoram.com
E-mail § E-mail § chungeorambook@daum.net

ⓒ 김현석, 2011

ISBN 979-11-04-90206-2 04810
ISBN 978-89-251-2596-1 (세트)

전능의 팔찌

THE OMNIPOTENT BRACELET

47

FUSION FANTASTIC STORY

김현석 현대 판타지 소설

CONTENTS

CHAPTER 01
할 말 있습니다

"그래? 그대의 이름은 뭔가?"

황태자의 시선을 받은 현수는 태연한 표정으로 대꾸했다.

"핫산 브리프라 합니다."

"그래, 할 말이란 무엇인가?"

모든 관중의 시선이 황태자에서 현수에게로 옮겨간다.

대체 무슨 말을 하려고 하늘같은 황태자에게 물을 것이 있다고 했는지 이야기해 보라는 표정이다.

"남작위를 받게 되면 자작위에 도전 못하는 겁니까?"

"…무슨 소린가, 그게?"

"대결을 통해 승자가 되면 작위를 얻는 게 영주 선발대회가 아닙니까?"

"그렇지? 그런데 뭐가 문제인가?"

모든 이의 시선이 현수에게서 황태자에게, 황태자로부터 다시 현수에게로 옮겨간다.

"제가 알기론 작위를 얻으려면 최하 조건을 갖춰야……."

현수가 말한 요지는 다음과 같다.

서클 수는 중요하지 않다.

이기는 자가 작위를 얻으니 대결에 임할 조건을 충족시키지 못하더라도 자작위에 도전할 수 있도록 해달라는 것이다.

황태자는 현수를 유심히 바라보았다.

'7서클이군. 그런데 아직 마스터는 아니네.'

황태자는 올해 156세이다. 그리고 9서클 마스터이기도 하다. 그러니 현수의 화후를 알아낼 수 있는 것이다.

사실 이는 현수가 그렇게 느끼도록 조절한 결과이다.

황태자가 자신의 마나 링을 살필 때 일곱 개의 링이 있는 것처럼 조절했다.

이 순간 맞은편의 이마르 이사틴은 현수로부터 뿜어지는 마나를 확연하게 느낄 수 있었다.

'제기랄! 확실하군. 에이! 하필이면 이런 상대를 만나냐? 어이구, 이놈의 손모가지! 다른 놈도 많은데 하필이면 왜 이

놈을 뽑았냐. 제기랄!

현수가 아닌 다른 상대였다면 여유 있게 승리를 취할 수 있었을 것을 생각하니 참으로 한탄스럽다.

'에구! 내가 하는 일이 다 그렇지. 어쩐지 1차와 2차 모두 이기더라. 차라리 1차에서 졌으면 덜 억울할 텐데.'

이마르는 다 된 밥에 코 빠뜨린 기분이지만 어쩌겠는가!

상대는 자신이 감당할 수 없는 고산준령이다. 하여 한발 물러서려는데 황태자가 입을 연다.

"허락해 주면 자작위에 도전할 것인가?"

"그렇게 해주시겠습니까?"

황태자는 새파랗게 젊은 현수를 보고 피식 웃었다.

나이가 얼마나 되는지 몰라도 7서클에 오르면서 바디 체인지를 한 모양이다.

아직 마스터에 이르지는 못했으니 백작위에 도전할 수는 없다. 그렇다면 자작위를 선택했어야 하는데 완전히 하향 지원하여 남작위에 도전했다.

현수의 맞은편에 있는 이마르 이사틴을 살펴보니 6서클 마법사이다. 현수가 7서클이니 쉽게 이길 것이다.

'웃기는 놈이군.'

대결에서 이기고 나면 남작위를 얻게 된다. 그런데 그것으로 만족을 못하는 모양이다.

"허락하면 도전하겠는가?"

"그래주시면 저야 고맙지요."

"조건이 있네."

"말씀하십시오."

"자작위에 도전했다가 패하면 남작위도 잃게 되네."

"……!"

현수는 황태자의 말을 금방 이해하지 못했다. 하여 잠시 머뭇거릴 때 황태자가 다시 입을 연다.

"자작위에 도전했다가 패하면 자네의 맞은편에 있는 자에게 자네가 받을 남작령이 가게 될 것이다. 그래도 좋은가?"

"…좋습니다. 그렇게 하지요."

"또 하나의 조건이 있네."

"말씀하시지요."

현수는 황태자와 시선을 맞췄다.

"이제 내가 내는 문제를 그 자리에 서서 맞혀야 하네. 어떠한 도구도 없이 오로지 두뇌로만 말이네. 하겠는가?"

"말씀하십시오."

"좋아. 잘 들어보게. 한 여인이 있었네. 그녀는……."

황태자가 낸 문제는 나이를 맞히는 문제이다.

이 여인은 인생의 6분의 1을 소녀로 지냈다.

그리고 인생의 12분의 1이 더 지난 후에 남자 친구를 사귀게 되었고, 다시 7분의 1이 더 지나고 나서 결혼을 했다.

결혼 후 5년 만에 예쁜 딸을 낳았는데 그 아이는 어미 인생의 절반을 살았다. 딸이 죽자 슬픔에 잠긴 이 여인은 4년간 시름에 잠겨 있다 세상을 떠났다.

황태자는 한번 맞혀보라는 표정으로 현수를 바라보았다. 황궁에서도 몇 명밖에 맞히지 못한 난제이다.

이 문제를 냈을 때 모두들 종이를 찾아 끄적거리기에 바빴다. 그리고 30분이 가장 짧은 시간에 맞힌 것이다.

마법에 사용되는 수학과 궤를 달리하는 문제이기에 지구에서라면 중학생도 맞힐 수 있는 문제를 소위 천재라 불리는 고위마법사들이 많은 시간을 소모한 것이다.

황태자의 말이 끝나기 무섭게 관중석이 술렁인다. 그리곤 저마다 뭔가를 꺼내 계산하기에 바빴다.

마법사 특유의 경쟁심과 탐구심의 발로이다.

하지만 현수는 움직이지 않았다. 문제를 다 듣고 머릿속으로 방정식을 만들어 푸는 중이기 때문이다.

황태자는 얼마나 시간이 걸리는가 보자는 표정으로 현수를 바라보고 있다. 그렇게 약 1분이 지났다.

"황태자 전하, 답을 말해도 됩니까?"

"호오! 벌써 답을 구했다고?"

황태자는 놀랍다는 표정으로 힐만 공작을 바라본다. 그가 30분 만에 이 문제를 맞힌 장본인이기 때문이다.

"네, 답을 구했습니다."

"좋아, 말해보게. 틀려도 한 번은 더 풀 기회를 주지."

현수는 그럴 필요 없다는 표정으로 대답했다.

"정답은 84세입니다."

"으음!"

황태자와 힐만 공작 모두 놀라움을 감추지 못했다. 불과 1분 만에 이 문제를 맞힐 것이라곤 생각지 못한 때문이다.

현수가 세운 식은 두 가지이다.

$$\frac{x}{6} + \frac{x}{12} + \frac{x}{7} + 5 + \frac{x}{2} + 4 = x$$

이 분수식을 통분하여 계산하면 $\frac{9x}{84} = 9$ 이다.

분모를 이항하면 $9x = 9 \cdot 84$니까 84세가 답인 것이다.

또 다른 식은 다음과 같다.

$$\frac{1}{6} + \frac{1}{12} + \frac{1}{7} + \frac{5}{x} + \frac{1}{2} + \frac{4}{x} = 1$$

이를 계산해도 x 의 값은 84가 나온다. 불과 1분 만에 두 개의 방정식을 세워 계산과 검산까지 마친 것이다.

관중석의 마법사들은 물론이고 현수를 마주하고 있는 이

마르 이사틴 역시 입을 딱 벌리고 있다.

자신들은 이 문제를 풀기 위해 어떤 방법으로 접근해야 하는지를 생각하고 있는데 벌써 다 풀어버렸으니 어찌 놀라지 않겠는가!

"제 답이 틀렸습니까?"

"아니다. 맞았다. 생각보다 뛰어나군. 좋다. 자네만 특별히 서클 수에 관계없이 상위 작위에 도전할 기회를 주지."

"감사합니다."

현수가 감사의 뜻으로 고개를 숙여주자 황태자는 핫산의 욕심이 어디에서 끝날지 문득 궁금해졌다.

하여 한마디 더 보탰다.

"자작위를 얻으면 백작위에도 도전하겠는가?"

"…그것도 허락해 주시겠습니까?"

황태자가 보기에 핫산 브리프는 참으로 맹랑한 녀석이다.

"좋아. 황태자의 권한으로 그대에게만 특별히 허락하지. 기왕이면 공작위까지 도전하게. 대신……"

황태자가 잠시 말을 끊자 모두의 시선이 쏠린다.

"남작, 자작, 백작, 후작위를 순서대로 얻어야 공작위에 도전할 수 있네. 알겠는가?"

"…좋습니다."

"와아아아! 핫산! 핫산! 핫산! 핫산!"

관중석에서 열화와 같은 함성이 터져 나온다.

황태자는 흡족하다는 표정을 짓고 있다. 자신의 의도대로 마법사들의 의지가 활활 타오르고 있음이 느껴진 때문이다.

"힐만 공작, 핫산의 대결이 결정되면 내게 보고하게."

황태자의 시선을 받은 공작은 허리를 직각으로 꺾는다.

"네, 황태자 전하. 그렇게 하지요."

"오랜만에 흥미롭군. 안 그런가?"

"그러합니다. 근데 7서클이라 운이 좋으면 백작까지는 어떻게 되겠지만 그 위는 어렵지 않겠습니까? 후작에 도전하는 자들 가운데는 9서클 마스터급도 끼어 있더군요."

황태자는 잘 알고 있다는 뜻으로 고개를 끄덕인다.

"좋아. 저자에게 내 연공실을 개방해 주게."

"네? 전하의 전용 연공실을요?"

"그래, 내 연공실을 이용할 수 있도록 해줘. 그래야 조금 더 버티지 않겠나?"

"네, 지시대로 하겠습니다."

힐만 공작은 크게 고개를 끄덕인다.

황태자 전용 연공실은 특별하다. 그곳엔 1서클부터 9서클까지 모든 마법서가 완비되어 있다. 무려 2,000여 권이다. 마인트 대륙에 존재하는 모든 마법이 총망라되어 있다.

뿐만 아니라 고효율 마나집적진이 그려져 있어 다른 곳보다 훨씬 더 진하고 많은 마나가 모여든다.

이외에도 중력장조절진도 그려져 있다.

중력을 2~10배 정도 강하게 해주어 그 안에서 수련할 경우 보다 민첩한 움직임을 가질 수 있게 된다.

아울러 또 다른 특별한 점이 있다. 이건 가봐야 안다.

"자, 그럼 남작위를 결정하는 마지막 대결을 실시하도록 하겠습니다. 두 분, 준비되셨지요?"

대결 진행자의 말에 현수는 고개를 끄덕인다. 그런데 이마르 이사틴은 대답 대신 한 발짝 물러난다.

"저는 이 대결, 기권합니다."

"네? 뭐라고요?"

"저는 핫산 브리프 님께서 자작에 이어 백작과 후작, 그리고 공작까지 올라가실 수 있도록 기권하겠습니다."

"와아아! 이마르 용자다!"

"그래, 이마르! 잘했다, 잘했어!"

"좋아, 핫산이 어디까지 올라가는지 두고 보자."

관중들의 환호 속에 이마르는 물러섰다.

'자작위? 7서클이라도 마스터급이 아니면 힘들지. 크흐흐! 자작위에 도전했다가 지면 그때는 내가⋯⋯.'

현수가 자작위 도전에 실패하면 남작령은 이마르의 것이

된다. 황태자가 만인환시 중에 내뱉은 말이다.

그러니 핫산이 한 번이라도 지면 자신은 당당한 남작이 된다. 사람들은 최종 대결을 포기한 자신에게 손가락질하지 않을 것이다. 이처럼 멋지게 퇴장하기 때문이다.

"이마르 이사틴 님께서 대결을 포기하셨으므로 남작위 결정전 마지막 대결은 핫산 브리프 님의 승리입니다."

관중들은 대결 진행자의 다음 멘트를 기다렸다.

"이로써 88명의 남작위를 받으실 분이 결정되었습니다. 오늘의 대결은 이로써 끝입니다. 내일부터는 자작위 결정전이 시작됩니다."

"와아아아아!"

관중들은 내일부터 보다 수준 높은 대결을 볼 수 있을 것이란 기대감에 환호성을 터뜨린다.

"일동 기립!"

대결 진행자가 소리치자 모두 자리에서 일어선다.

모든 이의 시선은 황태자에게 향해 있다. 예상대로 퇴장하려 자리에서 일어난 상태이다.

사람들의 눈을 호강시켜 준 미녀들도 모두 일어서 있다.

그렇기에 멋있게 퇴장하려는 이마르에게 시선을 준 이는 아무도 없다.

"황태자 전하께서 퇴장하십니다."

로렌카력 330년에 벌어진 영주 선발대회 남작위 결정전은 이로써 끝이 났다.

＊　　　　＊　　　　＊

　"여러분, 오늘의 첫 대결은 핫산 브리프와 브라만 헤리온 남작님이십니다."

　"와와와와! 핫산! 핫산! 핫산!"

　"브라만! 브라만! 브라만! 브라만!"

　대결 진행자의 발언에 관중석이 들썩인다.

　황태자에게 당돌한 제안을 한 핫산 브리프는 단 하루 만에 로렌카 제국의 수도 맥마흔의 최고 스타가 되었다.

　서클 수에 관계없이 승리하면 계속해서 올라가도 좋다는 황태자의 특별 허락을 받은 것이 입소문을 탄 것이다.

　하여 어제는 시내의 모든 주점에서 핫산 브리프라는 이름이 오르내렸다.

　오늘 아침, 자작위에 도전한 64명과 특별히 추가된 현수가 모여 제비뽑기를 하였다. 그 결과 현수는 첫 번째 대결자로 결정되었다. 상대는 7서클 마스터급인 남작이다.

　"자, 두 분, 입장해 주십시오."

　진행자의 발언에 따라 둘은 통로를 따라 대결장으로 올라갔다. 거의 동시에 햇살에 노출되자 환호성이 울려 퍼진다.

"핫산! 핫산! 핫산! 핫산!"

사람들은 일제히 핫산을 연호한다.

현수가 7서클 마법사라는 것은 공공연한 사실이 되었다. 황태자의 측근이 소문을 흘린 때문이다.

"내 연공실은 쓰지도 못했군."

"그렇습니다. 하필이면 제1대결의 심지를 뽑아……."

힐만 공작은 약간 비스듬하게 앉은 황태자에게 시선을 주고 있다. 같은 9서클 마스터이지만 본인보다 더 실력 있는 마법사이다. 그리고 차기 황제가 될 사람이다.

그렇기에 부드러운 미소를 짓고 있다. 잘 보여서 나쁠 것이 없는 존재이기 때문이다.

"오늘 대결에서 이기면 곧장 내 연공실로 보내게. 아울러 2차는 마지막 대결이 되도록 하고."

"네, 명을 받드옵니다, 전하!"

황태자는 세간의 이목을 끌어들여 자신의 계획을 보다 빠르게 성사시켜 준 핫산이 승리하기를 바랐다.

그렇기에 슬쩍 조작을 지시한 것이다.

'기왕이면 후작위까지 올라가는 게 좋은데.'

7서클 유저 정도 되는 핫산이 8서클 마스터여야 신청 가능한 후작위 결정전에서 승리를 하고 공작위 도전까지 하면 모든 이목은 영주 선발대회로 집중될 것이다.

그리고 상으로 하사할 미녀들을 후작위 결정전이 시작되기 직전에 다시 한 번 선보이게 할 생각이다.

그때 영주 선발대회를 매 10년에 한 번 개최하는 것으로 법령을 수정할 것임을 천명하면 온통 수컷인 마법사들은 오로지 마법 연구에 몰두할 것이다.

자신이 다스릴 로렌카 제국은 더욱 반듯한 반석 위에 올라서는 것이나 다름없다.

'나는 황제 자리에 얼마나 오래 올라가 있을까? 300년? 400년? 500년까지는 가능하겠군.'

9서클 마스터의 수명이 대략 700살이니 충분히 가능한 일이다. 황태자의 첫아들은 현재 140세이다.

열여섯 살의 나이에 황태자비와 혼례를 올렸고, 곧바로 임신하여 출산한 아들이다.

내년에 황제가 되고 500년간 로렌카 제국을 다스리면 황태손으로 임명된 아들은 640세에 제국을 물려받게 된다.

참으로 길고 긴 세월을 2인자로 살아야 한다. 그건 그 녀석 사정이다. 오래 기다린다 하여 권력을 나눠주고 싶은 마음은 추호도 없다.

"두 분, 대결 준비되셨습니까?"

"그렇다네."

"나도 그러하네."

"좋습니다. 그럼 대회 규칙에 따라 깃발을 내리면 시작하십시오. 가급적 상대의 목숨은 빼앗지 말아주실 것을 당부드립니다."

말을 마친 대결 진행자는 뒤로 물러선다. 그러는 동안 관중석에선 내기 돈이 오간다.

남작위보다 훨씬 규모가 큰돈이 움직인다.

남작에 도전하는 자들은 알려진 바가 적지만 자작위부터는 남작도 다수 포함되어 있다.

한 영지의 영주로서 30년 이상을 살아왔으니 어느 정도 실력을 갖췄는지 알려져 있다.

"자넨 누구에게 걸었나?"

"나? 나는 브라만 남작님에게 걸었네. 핫산은 유저이지만 남작님은 마스터급이시지."

"그치? 나도 그렇다네. 그래도 핫산이 이겼으면 좋겠어."

"왜?"

"그냥. 유저가 마스터를 멋지게 이기는 걸 보고 싶거든."

이런 종류의 대화가 관중석에서 오갔다. 그렇게 약 10분이 지나자 진행자의 신호를 받은 자가 깃발을 휘두른다.

기다렸다는 듯 브라만 남작의 공격이 시작된다.

"센터 스톰!"

번쩍! 콰쾅! 번쩍! 콰콰콰쾅—!

수십 줄기의 벼락이 현수에게 쏟아진다.

"배리어! 어스퀘이크! 윈드 애로우!"

현수의 머리 위로 투명한 막이 생긴다. 그와 동시에 브라만 남작이 딛고 있던 땅이 쩍 갈라진다.

순간적으로 균형을 잃은 듯 비틀거릴 때 10여 개의 눈에 보이지 않는 애로우가 쏘아져 갔다.

"우와아! 핫산 좀 봐! 트리플 캐스팅이었어!"

"그러게. 메모리 마법으로 준비를 단단히 했나 봐."

관중들은 빠른 마법 전개에 감탄하면서 시선을 떼지 않는다. 하나라도 더 많은 걸 봐두는 것이 좋기 때문이다.

둘은 목숨을 걸고 대결에 임하고 있지만 관중들에겐 좋은 학습인 셈이다.

"블링크! 플레어! 기가 라이트닝!"

브라만 남작은 몸을 피함과 동시에 7서클과 6서클 마법을 연달아 시전했다.

"우와! 브라만 남작님도 트리플 캐스팅이다!"

"바보야, 남작님은 7서클 마스터급이시거든. 그럼 그 정도는 당연한 거야."

"참, 그렇지. 남작 결정전만 봐서 조금 헷갈리네."

관중들은 흥미진진한 표정으로 둘의 움직임을 살피고 있다. 아르센 대륙과 달리 이곳의 마법사들은 체력적으로 전혀 문제가 없다.

지구로 치면 매일 벤치프레스를 하고 러닝머신 위에서 달리기를 한다. 하여 옷을 벗겨놓으면 다들 근육질이다.

그래서 그런지 둘은 수시로 자리를 바꿔가며 상대에게 공격을 퍼붓고 있다.

현수는 브라만 남작의 공격을 유효적절하게 막는 한편 수시로 반격을 시도한다.

관전하는 이들로 하여금 손에 땀을 쥘 정도로 아슬아슬한 대결이 되도록 조절하는 것이 힘들었지만 잘해내는 중이다.

"우와아! 방금 핫산의 움직임을 봤어? 전광석화 같았어. 안 그래?"

"맞아. 엄청나게 빠르군. 근데 브라만 남작님도 만만치 않게 빨라. 저거, 저거 봐. 엄청 빠르잖아."

현수와 브라만 남작은 서로 자리를 바꿔가며 공수를 교대로 하고 있다. 현수는 4서클 이하의 마법을 쓰지만 브라만 남작은 간간이 7서클 마법까지 섞어서 쓴다.

과연 마스터급이라 불릴 만한 실력이다.

황태자는 제법 흥미롭다는 표정으로 바라보고 있다.

"흐음! 제법 하는군."

"네, 전하. 생각보다 괜찮습니다."

"근데 조금 불안해. 안 그런가?"

누구를 의미하는지 너무도 잘 알기에 힐만 공작은 크게 고개를 끄덕이며 입을 연다.

"아무래도 화후에서 조금 밀리니까요."

힐만 공작 역시 둘의 대결에서 눈을 떼지 못한다.

황태자가 관심을 갖고 있으니 무엇을 묻든 곧바로 대답해야 하기 때문이다.

그러는 동안 대결은 이어졌다.

약 10분쯤 지났을 때 브라만 남작의 공격을 배리어로 막은 현수는 윈드 필드에 이은 윈드 커터를 시전했다.

같은 성질을 가진 마법이기에 이번에도 윈드 커터를 발견하지 못한 모양이다.

슈아앙! 쌔에엥─!

"크흐윽!"

배리어로 바람을 밀어내던 남작은 발목에서 느껴지는 통증에 고개를 숙였다. 시뻘건 선혈이 보인다.

회전하는 바람의 톱날이 발목을 심하게 베어버린 결과이다. 그토록 낮게 회전 톱을 형성시켰을 것이라 예상치 못해 당한 것이다.

현수는 공격을 멈추고 뒤로 물러선다. 그리곤 더 해보겠느냐는 표정을 짓는다.

발은 몸을 지탱해 준다. 그런데 심하게 다쳤다.

움직일 때마다 통증을 느끼면 마음대로 이동할 수 없다. 이는 치명적인 결과를 빚어낼 수 있다.

그렇기에 더 해보겠느냐는 표정으로 바라본 것이다.

목숨을 걸고 다시 대결을 하든지 아니면 순순히 포기를 하라는 의미이다.

"크으으! 졌네."

브라만 남작이 고개를 떨군다.

30년 동안 갈고닦은 실력을 유감없이 발휘하여 자작위를 얻고자 했으나 실패한 것이 아쉬울 것이다.

"브라만 남작님께서 패배를 자인하셨습니다. 따라서 제1대 결은 핫산 브리프 마법사님이 승리를 쟁취하였습니다."

"와아아아아! 핫산! 핫산! 핫산!"

관중석이 들썩인다. 약자가 강자를 꺾은 것이 마음을 움직이게 한 것이다.

"흐음! 제법이군. 상대의 허를 찌른 수법이야. 발목을 노리다니, 운이 좋았어."

"네, 그처럼 낮게 윈드 커터를 보내면 쉽지 않죠. 심장이나 머리가 아니니 상대적으로 경계심이 적은 곳이니까요."

"그보다는 윈드 필드에 윈드 커터를 섞은 게 주효했어."

황태자의 말에 힐만 공작은 고개를 끄덕인다.

"맞습니다. 같은 성질이라 브라만 남작이 식별하기 어려웠을 겁니다."

황태자와 힐만 공작은 환호하는 관객들에게 손을 흔들어주는 핫산에게 시선을 주었다.

"바로 내 연공실로 보내도록 하게."

"네, 전하. 준비시켰습니다. 그런데 내친김에 제가 몇 수 지도해도 될는지요?"

"…그럼 더 좋겠지. 자, 이만 가세."

"네, 전하."

황태자가 퇴장하자 관객들은 또 한 번 기립하여 예를 갖춘다.

"어서 오십시오. 승리하신 것을 감축드립니다."

현수가 승자 대기실로 들어서자 기다리고 있던 행정관이 고개를 숙여 예를 갖춘다.

제1대결의 승자인지라 현재 이 대기실엔 둘밖에 없다.

"고맙네."

"힐만 공작님께서 핫산 마법사님을 모셔오라는 명이 있었습니다."

"공작께서?"

"네, 황태자 전하의 전용 연공실을 사용하실 수 있도록 하라는 특명입니다. 가시지요."

"…그러세."

황태자와 힐만 공작은 로렌카 제국의 핵심이나 다름없다.

그런 그들이 불러들였다니 기꺼이 가야 한다. 보다 고급 정보를 습득할 수 있기 때문이다.

행정관의 뒤를 따라간 현수는 황태자 전용 연공실로 안내되었다. 가기 전에 내일 있을 2차 선발대회의 순서를 정하는 제비를 뽑았다. 마지막 대결이다.

행정관은 승자 대기실 벽에 붙어 있는 대진표에 핫산 브리프의 이름을 기록했다. 누가 상대가 될지는 승자들이 모두 모이면 결정될 것이다.

"흐음! 이곳인가?"

황태자 전용 연공실은 부채꼴인데 여러 개의 방으로 구획되어 있다. 하나는 마법을 직접 구현해 보는 방이다.

바닥엔 마나집적진과 중력장조절진이 그려져 있다.

"나쁘진 않군."

이실리프 마법서에 기록되어 있는 것과 비교해 보았을 때 많이 빠지지 않는 수준이다. 이실리프가 단위 체적당 100의 마나를 모은다면 이것은 92 정도 결집시킨다.

그런데 중력장조절진은 이실리프의 그것보다 오히려 뛰어

난 면이 있다.

로렌카 제국은 흑마법사의 나라이다.

그렇다 하여 모두가 흑마법인 것은 아니다. 예를 들어 쉴드나 윈드 커터 같은 것은 아르센의 그것과 거의 같다.

반면 공격 마법은 다른 점이 많다. 사람이나 동물에게 직접 적용시켜 가며 만든 것이 그러하다.

일본 히로히토 일왕은 칙령으로 1932년에 흑룡강성에 '관동군 방역관' 이란 이름의 부대를 창설했다.

악명 높은 731부대의 정식 명칭이다.

이 부대에선 매일 2~5명이 산 채로 해부되었다. 그렇게 하여 9년간 약 6,500명이 죽어 나갔다.

이 밖에 총살, 참수, 칼로 찌르기, 추락, 굶기기, 독가스 사용, 세균 투하, 동상, 고의적 성병 감염, 짐승과 인간의 혈액 교환 등을 실험했다.

같은 인간이라 할 수 없는 참혹한 짓을 자행한 것이다.

흑마법사들도 이러하다. 자신들의 연구 목적을 위해 죄 없는 사람들을 무수히 희생시킨다.

따라서 '흑마법사의 나라=일본' 이나 마찬가지이다.

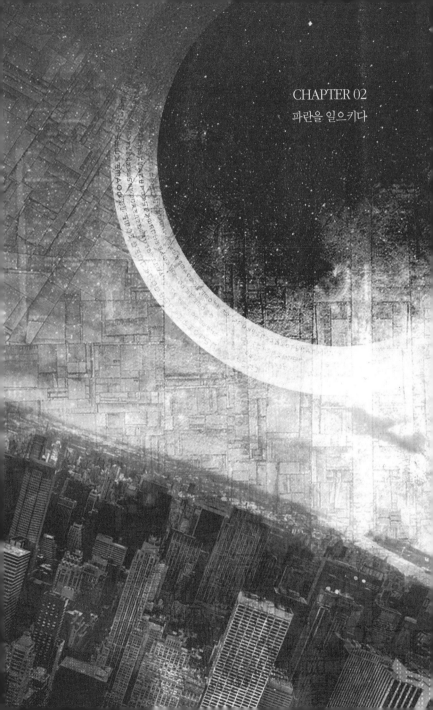

CHAPTER 02
파란을 일으키다

현수는 1서클부터 9서클까지의 마법서가 빼곡히 들어 있
는 서가가 있는 방으로 들어가 마법서들을 뒤적였다.

아르센 대륙의 마법과 무엇이 다른지를 대조하려는 의도
이다. 보는 동안 여러 번 눈살을 찌푸렸다.

731부대를 절로 생각나게 하는 마법이 많았기 때문이다.

그렇게 한 시간가량 흘렀을 때 문이 열리고 힐만 공작이 들
어선다.

"여어~! 행운의 사나이!"

"어서 오십시오."

현수는 문을 열고 등장한 힐만 공작을 유심히 살폈다. 조만간 맞붙어야 할지도 모를 대상이기 때문이다.

"황태자님께서 자네에게 특별히 공개하라는 것이 있어서 왔네. 자, 나를 따르게."

"……?"

뭔지 모르지만 아주 대단한 것을 보여주려는 듯하여 말없이 뒤를 따랐다.

철컥! 철컥! 철컥—!

세 개의 자물쇠가 달린 육중한 철문이 열린다.

끼이이이이—!

자주 사용치 않아서 그런지 녹이 슨 모양이다. 거친 경첩음을 내며 열리는 철문의 두께는 약 30㎝ 정도이다.

힐만 공작은 마법의 힘을 빌려 육중한 문을 열었다.

다시 통로를 따라 들어가니 또 다른 문이 앞을 가로막고 있다. 아무런 장식도 없는 석문이다.

"맥시멈 라이트웨이트(Maximum Lightweight)!"

힐만 공작이 구현시킨 건 9서클 마법이다. 100kg의 무게를 1g으로 줄여주는 최대 경량화 마법이다.

"끄으응! 안 되겠네. 자네도 같이 밀게."

"…그러지요. 으으읍!"

그르르르르르—!

석문의 무게는 약 2,000톤이다.

그 무게를 1만분의 1로 줄여주는 최대 경량화 마법이 구현되었어도 200㎏이나 나간다.

인간의 힘으로는 움직이기 힘든 무게이다.

참고로 2012년 런던 하계올림픽 역도 여자 75㎏ 이상급 경기에서 금메달을 딴 지나의 주로로(周璐璐) 선수는 인상에서 146㎏, 용상에서 187㎏을 들어 올렸다.

현수가 거들었음에도 힐만 공작은 이마에 핏줄이 돋을 정도로 힘을 주었다. 현수가 힘을 덜 주어서 그러하다.

"이 문, 엄청나게 두껍군요."

열고 보니 석문의 두께가 무려 2m이다. 엄청난 무게가 충분히 이해된다.

"휴우! 안으로 더 가세. 라이트!"

어두컴컴한 통로에 빛이 퍼져 나간다. 양쪽 벽 모두 석문과 같은 돌로 만들어져 있다.

"바닥과 벽, 그리고 천장도 석문과 같은 두께일세."

"……!"

대체 무엇이 있기에 이처럼 무지막지한 통로를 만들었는지 궁금해진다. 그렇게 약 20m를 걸었다.

또 다른 문이 앞을 가로막고 있다.

문의 앞부분 중앙에는 높이 40㎝짜리 돌이 놓여 있다.

가로세로 각각 1.2m 정도 되는 사이즈인데 두툼한 방석이 깔려 있다.

"다 왔네."

힐만 공작이 멈춰 선 곳엔 세 번째 문이 있다.

온갖 기이한 문양이 새겨져 있는데 슬며시 살펴보니 봉인 마법진인 듯싶다. 하지만 아는 척하진 않았다.

8서클 이상만 알아볼 수 있는 것이기 때문이다.

이는 안에 뭔가가 있는데 튀어나오지 못하도록 막아놓았다는 뜻이다.

특이한 건 바닥에서 천장까지 무수히 많은 작은 구멍이 송송 뚫려 있다는 것이다.

직경은 손가락 하나가 간신히 들어갈 정도인데 금속으로 만든 대롱이 문에 박혀 만들어진 구멍이다.

금속 대롱은 운동화 끈을 끼우는 구멍 같은데 이쪽에서는 제거가 가능하지만 저쪽에선 뺄 수 없도록 만들어졌다.

"이곳에서 하루를 머물게. 마나심법을 운용하면 이득이 있을 것이라면서 황태자님께서 특별히 허락하셨네."

"네."

"당부하건대 절대로 저 문은 건드리지 말게. 안에서 무슨 소리가 나더라도 열려 하지 말고. 열기도 쉽지 않겠지만."

"…알았습니다."

현수가 고개를 끄덕이자 힐만 공작은 문 앞으로 다가가 뭔가를 조작했다.

"좋은 결과가 있기를 비네. 문은 내일 오후에 열리네."

힐만 공작은 두 번째 석문을 닫았다. 열리는 것은 힘을 주어 밀어야 하지만 닫는 것은 안 그런 모양이다.

그러고 보니 석문은 안에서 열 수 없도록 제작되어 있다. 손으로 잡고 힘을 쓸 수 있는 부위가 없다. 문이 있었다는 것을 모르면 벽이라 생각할 정도로 매끈하다.

돌과 돌이 맞닿아 있는 곳엔 약 1㎜ 정도밖에 안 되는 흔적이 있어 한 덩어리가 아니라는 것을 알 수 있을 뿐이다.

"뭐야? 이 안에 대체 뭐가 있기에 봉인마법진에 9서클 마스터 정도 되어야 간신히 열 수 있는 석문, 그리고 두툼한 철문으로 막아놓은 거지?"

현수가 고개를 갸웃거릴 때 대롱으로부터 엄청난 마나가 뿜어져 나오기 시작한다.

"으잉? 이건……!"

뿜어져 나오는 마나가 이상하다. 현수는 이질적인 느낌에 얼른 문 앞으로 다가갔다.

"어둠의 마나? 이건 마계의 것인데. 이게 왜……?"

이미 경험한 바 있는 것으로 평범한 것이 아니다.

세계수 아래에 묻어놓은 마종에서 흘러나오던 것과 같은

성질의 마나이다.

하여 얼른 호신강기를 내뿜어 이를 차단시켰다. 백마법사라 할 수 있는 현수에겐 결코 유익한 것이 아니기 때문이다.

물론 체내로 받아들인 뒤 정제시키면 된다. 그런데 그럴 이유가 없다.

본신에 저장된 마나의 양과 켈레모라니의 비늘에 담긴 마나의 양도 엄청나게 많다. 여기에 욕심을 부려 어둠의 마나까지 받아들일 경우 어떤 반응이 생길지 알 수 없다.

자칫 신체의 균형이 깨져 버리는 불상사가 발생할 수 있다. 그렇기에 체내로 스며들려는 마나를 차단시켰다.

현재 좌대를 기준으로 고효율 마나집적진과 중력장조절진이 구현되고 있는 상태이다. 힐만 공작이 석실을 벗어나면서 그렇게 되도록 조작한 결과이다.

중력은 벌써 두 배로 강해져 있는데 시간이 흐름에 따라 천천히 올라가서 최고 열 배까지 강해진다.

마나집적진에 의해 모여든 마나는 강해진 중력의 영향을 받아 마나심법을 운용하는 마법사의 체내로 스며든다.

그 속도와 양은 실로 어마어마하다. 마치 액체 마나 속에 담긴 것 같은 답답함이 느껴질 정도이다.

'끄응! 이러니 9서클 마법사들이 널린 것이군.'

깨달음을 얻어도 고서클 마법사가 되려면 그에 합당한 마나를 보유하고 있어야 한다.

깨달음을 얻는 것에도 많은 심력과 시간이 소모되지만 마나 링을 두껍고 탄탄하게 하는 것 또한 마찬가지이다.

그런데 이런 방법으로 마나를 쑤셔 박으면 짧은 시간 안에 마나 링이 굵어지고 탄탄해진다.

물론 고도로 집중하고 있어야 한다. 안 그러면 마나 폭주로 인해 미치거나 죽을 수도 있다.

"대체 안에 뭐를 봉인해 놓은 거지? 마물인가? 그런데 이렇게 구멍이 있으면 나올 수도 있을 텐데."

문 앞으로 다가가 대롱을 살펴보았다. 무언가 문양이 그려져 있다. 안력을 높여 살펴보니 또 다른 봉인마법진이다.

그래서 손가락 굵기임에도 마나가 나오는 굵기는 바늘 정도인 것이다. 이 정도면 신체를 변형시킬 수 있는 마물이라 할지라도 나올 수 없을 것이다.

"흐음! 마물이 몇 있다고 이러진 않을 거고, 설마 안쪽에 마계로 통하는 통로라도 있는 건가?"

현수는 이맛살을 좁혔다. 마계로 통하는 통로가 있다는 것 자체가 마뜩치 않은 때문이다.

자세히 살펴보니 문의 오른쪽에 쇠로 만든 손잡이가 있다.

그리고 문의 아래쪽엔 턱이 있다. 당겨서 여는 문이 아니라는 뜻이다.

'흐음! 이 문도 최대 경량화 마법을 걸고 힘주어 밀어야 열리는 건가 보네.'

아무래도 힐만 공작과 함께 힘주어 밀던 석문과 같은 원리인 듯싶다.

"열어볼까? 아냐. 그러지 말자. 자칫 판도라의 상자를 여는 결과일 수도 있어."

현수는 좌대가 아닌 다른 곳으로 가서 결계를 쳤다. 그리고 타임 딜레이 마법을 구현시켰다.

내일 있을 2차 대결까지 약 36시간 정도 시간이 있다. 그 안에 10서클 마법을 만들어볼 생각이다.

결계 내부에 머물 수 있는 시간은 약 270일이다. 이 정도면 하나쯤은 만들 수 있을 것이다.

현수는 연구를 계속했다. 하지만 10서클 마법을 만드는 것은 생각보다 훨씬 어렵다. 뭔가를 생각해 내고 보면 그런 마법이 이미 존재하고 있기 때문이다.

"끄응! 이건 접근 방법부터 달라야 해. 아주 참신한 생각을 해야 새로운 마법을 창안할 수 있어."

자세를 바꾼 현수는 현대 무기를 마법으로 바꾸는 것을 생각해 보았다. 가장 먼저 떠올린 것은 집속탄의 개념이다.

모자폭탄, 확산탄, 클러스터탄이라고도 한다.

이것은 발사된 직후 적절한 높이에 도달하면 자체적으로

몸체가 분해되면서 내부에 들어 있는 수많은 자탄이 지상의 목표물에 떨어져 타격을 주는 폭탄이다.

집속탄 한 발에는 자탄 약 40~650여 개가 탑재된다. 축구장 한 개에서 서른 개 넓이까지 박살 낼 수 있다.

미국이 개발한 CBU-105에는 스키트 탄두 네 개가 포함된 BLU-108 자탄이 열 발이나 들어가므로 최대 40대의 전차까지 한 방에 파괴할 수 있다.

광역 마법으로 딱이다.

현수는 이 마법에 클러스터 밤(Cluster Bomb)이란 이름을 붙이고 연구에 몰두했다.

하지만 한참을 고심하던 끝에 포기했다. 9서클 마법인 미티어 스트라이크가 딱 이런 종류의 광역 마법이기 때문이다.

"제기랄! 그럼 뭐로 하지?"

다음으로 생각해 본 것은 유도탄이다.

이것 역시 연구 초기에 포기했다. 매직 미사일이 이것과 같은 개념에서 출발한 마법이기 때문이다.

"쩝!"

또 투덜거리곤 노트북을 켰다. 현대 무기 체계에서 착안을 하려는 것이다. 그런데 특별히 얻을 게 없다.

투명 망토를 만들 수 있는 메타 머티리얼[1] 기술은 인비저

---

1) 메타 머티리얼(Meta Material) : 물리적 크기에 제약을 받지 않은 소형 안테나 등을 개발할 수 있는 물질, 향후 통신 기술에 중요한 축을 담당한 물질로 주목됨.

빌러티 마법만 못했고, 퍼펙트 트랜스페어런시보다 훨씬 더 비효율적이다.

스텔스 기술은 고려할 필요가 없다.

이곳엔 레이더라는 게 없기 때문이다. 비슷한 개념으로 와이드 센스 마법이 있는데 대결에선 별로 유용하지 않다.

전투기, 잠수함, 헬리콥터 등도 떠올렸지만 이곳에서 쓰기엔 적합하지 않다.

결계 안의 현수는 고심하고 또 고심했지만 별다른 성과를 얻지 못했다.

'마법을 창안하는 게 쉬운 일이 아니군. 쩝! 이럴 줄 알았으면 바깥의 서가나 둘러볼걸.'

현수는 고개를 설레설레 흔들었다. 그렇게 시간이 흘렀다.

그르르르르르─!

육중한 석문이 열리고 있다. 이제 자작위를 얻기 위한 마지막 대결을 하러 나가야 할 시간인 듯싶다.

"성과가 있었나?"

"네, 배려해 주신 덕분에요."

힐만 공작은 조금이라도 더 많은 마나를 느끼려는 듯 일부러 문 앞으로 간다.

"이제 나가면 곧바로 대결인가요?"

"그건 아닐세. 나갈 필요 없네."

"네? 그게 무슨……?"

대결을 해서 이겨야 자작이 된다.

패하거나 기권하면 국물도 없다. 정해진 시각에 대결장에 나타나지 않으면 바로 기권이다.

그러면 다프네를 찾기가 쉽지 않다.

황궁에 직접 잠입하여 구출하여야 하기 때문이다.

그런데 결코 만만치 않은 일이다.

황궁은 마법사의 제국답게 마법진으로 도배되어 있다. 게다가 9서클 마스터가 우글거리고 있다.

신임 공작으로 임명된 자는 작위식을 마쳐도 당분간 황궁에 머문다. 제국의 간성[2]이 되었으니 기존 공작들과 안면을 터야 하기 때문이다.

아울러 황제가 하사한 미녀들을 품어야 한다.

공작이 될 정도면 우수한 두뇌와 별 탈 없는 신체를 가졌다는 뜻이다.

국가를 위해 훌륭한 후손을 보는 것이 충성의 한 방법이다. 그렇기에 공작이 된 날부터 하루에 하나씩 품는다.

이 기간 동안 황궁엔 수많은 공작과 후작들이 머문다.

그런데 첫날밤을 치르기 전에 빼오지 못하면 다프네는 평생의 상처를 입게 된다.

---

2) 간성(干城) : 방패와 성이라는 뜻으로, 나라를 지키는 믿음직한 군대나 인물을 이르는 말.

따라서 반드시 대결에 임해 공작이 되어야 한다. 황궁에 침투하는 것보다 훨씬 안전하고 쉬운 일이기 때문이다.

공작이 되려면 반드시 자작, 백작, 후작위를 따야 한다. 그런데 자작 결정전에 임할 필요 없다는 듯 말하니 의아한 것이다.

"자네의 2차 대결 상대가 기권했네. 1차에서 너무 심한 부상을 입어 운신이 어려울 정도라고 하네."

"그럼……."

"그래, 부전승이지. 감축하네. 자넨 이제 자작이네."

"아!"

기분 좋은 일이다. 다음 상대에게 실력을 가늠할 수 없게 만들었으니 상대를 방심케 할 수도 있기 때문이다.

"황태자께서 백작위 도전자 명단에 자네의 이름을 끼워 넣으셨네. 다음 대결은 내일 오후에 있을 것이네. 그러니 하루 더 이곳에서 머물게."

"감사합니다."

번거로운 일을 쉽게 해결해 주니 좋다.

"어떻게 하겠는가? 하루 더 이곳에 있을 건가, 아님 서고로 가겠는가?"

"…서고가 좋겠습니다."

"그래, 좋아. 너무 과한 마나는 오히려 해롭지. 가세."

힐만 공작은 모든 출입구를 단단히 잠근 후 현수를 서고로

안내했다. 2,000여 권의 마법서가 빼곡하게 들어차 있는 서고
에선 고서 특유의 냄새가 풍긴다.

"서클 별로 정리해 두었으니 편하게 보게. 다 본 것은 제자
리에 정리해 놓고. 내일 보세."

"네, 감사합니다."

힐만 공작이 나가자 현수는 서가로 가서 9서클 마법서부터
꺼내 보았다. 아르센의 그것과 별반 다를 바 없다.

어둠의 마나를 운용하는 특별한 방법이 추가된 것이 거의
전부이다.

"흐음! 이 정도면 아주 고대엔 아르센과 이곳이 교류를 한
것 같은데. 그렇지 않고야 이처럼 비슷할 수 없잖아."

현수는 고개를 갸웃거리면서도 마법서에서 시선을 떼지
못했다. 흑마법사의 마법서답게 온갖 괴이한 마법이 다 기록
되어 있다.

구울, 좀비, 데스 나이트를 제작하는 방법부터 시작하여 키
메라를 제작하는 방법까지 망라되어 있다.

물론 리치나 아크리치가 되는 방법도 있다.

"흐음! 이건 좀 볼 만하군."

현수의 시선을 끈 것은 키메라 제작에 관한 마법서이다.

키메라[3]란 이종(異種) 생물의 신체 부위를 접합시켜 새로

---

3) 키메라(Chimera) : 한 개체에 유전자형이 다른 조직에 서로 겹쳐 있는 유전 현상,
또는 서로 다른 종끼리의 결합으로 새로운 종을 만들어내는 유전학적인 기술.

운 것을 만들어내는 것이다.

이 중 현수가 주의 깊게 살핀 것은 다른 생체조직을 접합시켰을 때 거부반응을 억제하는 방법이다.

병원에서 간이나 신장 등을 이식했을 때 조직 간 거부반응 때문에 실패하는 경우가 있다.

이는 백혈구 항원 때문이다.

쉽게 말해 우리 몸을 보호하는 면역 시스템이 이식된 장기를 적으로 간주하면 거부반응이 일어난다.

거부반응의 원인이 면역의 문제라는 사실이 밝혀지자 면역억제제 개발에 박차를 가했다.

그 결과 부작용이 적은 '사이클로스포린'이 탄생되었다.

이것이 개발될 당시 간장 이식 성공률은 불과 18%였다. 100명이 간 이식을 하면 82명이 죽었다는 뜻이다.

그런데 이것 덕분에 성공률이 단번에 68%로 올랐다. 당시로선 기적과 같은 일이다.

현재는 사이클로스포린과 다른 면역억제제를 함께 쓰는 '칵테일요법'으로 그 확률을 더욱 높였다.

그래도 여전히 실패할 확률은 있다.

그런데 키메라 제작 비법이 기록된 마법서엔 성공 확률이 99%라 되어 있다.

혈액형이 다르더라도 심장, 신장, 간 등의 이식이 가능하다고 되어 있다. 팔과 다리도 다른 사람의 것을 붙여도 된다.

사전에 마법서에 기록된 조치만 취하면 된다. 현수는 이를 머릿속 깊이 넣어두었다.

이실리프 의료원에 전수해 줄 특급기술 중 하나이기 때문이다.

다음 페이지를 보니 온갖 그림이 그려져 있다.

현수가 본 적 있는 멘티코어의 날개를 단 샤벨 타이거, 와이번의 날개를 단 오우거 등이 그중 일부이다.

이것들을 성공시키기 위해 수많은 흑마법사가 수백 년간에 걸친 연구를 했다.

그러는 동안 약 185,000번의 시행착오를 겪었다.

한 페이지를 더 넘겨보았다. 이번엔 인간이다.

날개를 단 인간, 오크의 팔을 단 인간, 손과 발이 바뀐 인간, 한 몸에 머리를 두 개 붙인 인간, 상체는 남자, 하체는 여자인 인간, 하체가 물고기인 인간 등등이다.

그림이지만 끔찍했다.

이것 역시 수많은 시행착오를 겪은 끝에 확인한 기술이라고 쓰여 있다. 이를 확인하기 위해 약 30만 명의 목숨이 쓰였다고 되어 있다.

"끄으응!"

현수는 마법서를 불태우려 했다.

하지만 그러지 않았다. 그렇게 하면 새롭게 30만 명이 희생될 수 있음을 알기 때문이다.

"하여간 흑마법사들이란……."

세상에서 제거해야 할 존재라는 걸 다시 한 번 확인한 현수는 만일 대결이 벌어질 경우 결코 손속에 사정을 두지 않을 생각을 품었다.

문제는 그 숫자가 엄청나게 많다는 것이다.

10만 명은 분명히 넘는다. 관중석에 앉아 있던 인원만 해도 그 정도 된다. 대결장에 들어오지 못했거나 아예 수도에 오지 않은 자들까지 합치면 얼마나 많겠는가!

1서클 마법사까지 다 합치면 100만 명이 넘을 수도 있다. 그런데 그 많은 인원을 어찌 다 죽이겠는가!

희대의 살인마가 되고 싶은 마음이 없는 현수는 턱을 괴고 상념에 잠겼다.

처치 곤란한 암 덩어리가 커도 너무나 큰 때문이다.

"끄으응!"

아무리 생각해 봐도 묘수는 없다.

'차츰 생각해 보자. 일단은 마법서를 보는 게 중요하니까.'

이것저것을 뽑아 읽는 동안 시간이 흘렀다.

2,000권이나 되지만 현수가 결계 안에 머문 시간은 약 1년이다. 하여 상당히 많은 마법서를 섭렵할 수 있었다.

"흐음! 어디 보자."

현수는 정중앙에 꽂혀 있는 마법서를 뽑아 들었다. 그리곤 하나의 마법진을 그려 넣었다.

약간의 시간이 흐른 후 이곳의 마법서 전부를 자신의 아공간으로 집어넣을 귀환마법진을 그려 넣은 것이다.

＊　　　＊　　　＊

"성과가 있었는가? 이제 곧 대결이네."

"네, 알겠습니다."

힐만 공작의 뒤를 따라 대결장으로 직행했다.

"와와와와와와!"

"와아아! 지독하게 운이 좋은 핫산이다."

부전승과 기권 덕분에 몇 번 싸워보지도 않고 자작위를 차지한 핫산은 맥마흔의 뜨거운 감자였다.

모든 술집에서 핫산의 이름이 거론되었고, 지독하게 운이 좋은 사나이, 황태자의 비호를 받는 마법사라고 불린다.

"자, 백작위 1차 선발 마지막 경기가 곧 거행되겠습니다. 핫산 브리프 자작님과 브라헬 루시켄 자작님께서는 대결장으로 입장해 주십시오."

"와와와와! 핫산! 핫산! 핫산!"

"브라헬! 브라헬! 브라헬! 브라헬!"

관중석에서 터져 나오는 함성에 귀가 먹먹할 정도이다.

서로 자신들이 응원하는 마법사의 이름을 호명하며 고함을 지른다. 마치 월드컵 경기장 같다.

현수는 행정관의 뒤를 따라 통로로 들어갔다. 잠시 후 따가운 햇살이 느껴진다.

"와와와와와! 핫산! 핫산! 핫산!"

"오늘도 이겨라! 거금을 걸었다!"

"나도! 나도 너한테 걸었다! 꼭 이겨라!"

"와와와와와와! 와와와와와와!"

현수가 등장하자 관중석이 들썩인다. 시선을 들어 귀빈석을 보니 예상처럼 황태자와 힐만 공작이 보인다.

황태자의 좌우에는 아름다운 여인들이 배석해 있다. 황태자비들인 모양이다.

현수는 가볍게 고개를 숙여 예를 취했다. 지금은 잘 보여야 할 때이기 때문이다.

"두 분은 이쪽으로 오십시오."

작위가 높은 사람들을 선발하는 대회라 그런지 진행자도 바뀌어 있다.

"두 분, 대결 규칙은 잘 아시죠?"

"그렇다네."

"그럼!"

둘이 고개를 끄덕이자 진행자는 당부의 말을 한다.

"가급적 목숨을 앗지 않는 범위에서 대결해 주십시오."

"그러지."

"나도 그러겠네."

현수와 브라헬 루시켄 자작이 고개를 끄덕이자 진행자는 뒤로 물러선다. 그리고 또 잠시 시간을 지체시킨다.

작위가 올라가면 참가자가 적다. 당연히 대결 수가 줄어들지만 내기 돈의 액수는 올라간다.

하여 잘하면 한 번에 일확천금하여 팔자가 필 수도 있고 알거지가 되어 거리를 유랑하게 될 수도 있다.

그렇기에 전보다 조금 더 시간이 걸리는 모양이다.

현수는 브라헬 루시켄 자작과 거리를 벌렸다. 시작과 동시에 공격을 가해 속전속결로 끝낼 생각이다.

잠시 후, 진행자의 수신호에 따라 깃발을 내린다.

"파이어 애로우! 매직 미사일! 매스 라이트닝 볼트!"

쉐에엑! 슈아앙! 번쩍! 콰콰쾅! 휘익! 쒜엑! 번쩍! 콰콰콰쾅! 고오오! 번쩍! 콰콰쾅!

대결이 시작되자마자 현수가 구현시킨 파이어 애로우와 매직 미사일이 사방을 비산한다. 그보다 늦게 구현시켰지만 훨씬 속도가 빠른 천둥과 벼락도 난무한다.

"으읏! 쉴드! 쉴드! 배리어! 배리어! 앱솔루트 배리어!"

느닷없는 공격에 황급히 방어 마법을 구현시킨 브라헬 루시켄 자작은 얼른 물러섰다.

썬더 스톰으로 정신없게 한 후 헬 파이어를 구현시켜 단숨에 승패를 가르려 했는데 어이없이 선공을 당한 것이다.

티팅! 티티티팅! 쿠와앙! 피피핑!

수백 개의 파이어 애로우와 매직 미사일, 그리고 번개가 방어막에 부딪쳐 산화한다.

방어막 안의 브라헬 루시켄 자작은 이를 갈았다.

고작 1서클 마법인 파이어 애로우와 2서클 매직 미사일, 그리고 3서클 매스 라이트닝에 밀린 게 어이없어서이다.

하여 배리어가 해제됨과 동시에 마음먹고 있던 공격을 하려 메모리한 것들을 상기했다.

룬어 영창을 미리 준비해 두었으니 입만 열만 곧바로 무지막지한 마법이 쏟아져 나갈 것이다.

현수가 가한 모든 공격이 무위로 돌아가자 자작은 그 즉시 배리어를 해제시켰다.

"매직 캔슬! 썬더 스……!"

자작이 여기까지 외쳤을 때 현수가 먼저 소리쳤다.

"워터 샤워! 체인 라이트닝!"

"배리어! 배리어!"

쏴아아아! 번쩍! 번쩍! 콰지직!

2서클 워터 샤워는 게으른 마법사들이 한여름의 더위를 식히기 위해 고안한 생활 마법이다.

때로는 짓궂은 장난용으로도 쓴다. 예쁜 아가씨가 지나갈 때 물벼락을 내리면 몸매가 확 드러나기 때문이다.

현수는 자작을 대상으로 워터 샤워를 구현시켰다. 그 순간 약 10리터의 물이 비가 되어 쏟아져 내린다.

이에 놀란 자작은 썬더 스톰 대신 배리어 마법을 거푸 구현시킨다. 엉겁결에 한 것이다.

다음 순간 자작이 딛고 있는 땅 바로 곁에 체인 라이트닝이 구현되었다.

파직! 파지직! 파지지직!

"파이어 애로우! 매직 미사일!"

"캐액—!"

젖은 땅 위를 몇 번이나 튕긴 번개가 자작의 발목으로 향한다. 이 순간 자작은 눈앞까지 쇄도한 파이어 애로우와 매직 미사일이 배리어에 부딪치는 것을 보고 있다.

갑작스런 느낌에 얼른 발을 든다. 하지만 나머지 한 발은 여전히 땅에 닿아 있다.

이 순간 현수의 입술이 다시 달싹인다.

"라이트닝! 매스 라이트닝!

번쩍! 번쩍! 콰콰! 파지직! 콰콰쾅! 파지직!

"캐애액―!"

자작은 전신을 휘감는 벼락을 느끼고 그대로 기절했다.

쿵―!

"와아아아아! 핫산! 핫산! 핫산!"

"세상에 맙소사! 8서클 마법사를 상대하는 데 겨우 3서클 이내의 마법만 썼어."

"맞아. 파이어 애로우는 1서클, 라이트닝과 매직 미사일은 2서클, 그리고 체인 라이트닝은 3서클이야."

"우와아! 이건 말도 안 돼! 그치? 그치?"

"그러게, 7서클이 8서클을 이겼어. 이게 말이 되는 거야? 난 이럴 수 있을 거라고 전혀 상상도 못했어."

"그거 알아? 브라헬 루시켄 자작은 공격을 한 번도 못해보고 졌어. 세상에 어떻게 이런 일이!"

관중석은 열광의 도가니가 되었다. 서클 수가 적은 자가 정정당당하게 대결하여 승리를 쟁취했기 때문이다.

세상에 알려져 있기를 7서클은 결코 8서클을 제압할 수 없다. 7서클 열 명이 동시에 덤벼야 호각지세를 유지한다는 말도 있다. 그런데 오늘 세상의 진리가 깨졌다.

이쯤 되면 파란(波瀾)이다.

파란의 사전적 의미는 예기치 못한 사건을 의미한다.

이 밖에 문장의 기복이나 변화, 또는 두드러지게 뛰어난 부분을 뜻하기도 한다.

"와아아아아아! 핫산! 핫산! 핫산!"

일제히 핫산을 연호한다.

현수는 손을 들어 관중들의 환호에 응답했다.

그러면서 귀빈석의 황태자를 향해 고개를 숙여주었다. 당신의 배려 덕분이라는 의미로 받아들일 것이다.

"대단하군. 그리고 기발해. 안 그런가, 공작?"

"그렇습니다. 어제 하루 동안 마나를 많이 받아들인 모양입니다. 파이어 애로우가 한꺼번에 30개나 만들어지더군요."

"오늘도 연공실에 넣게. 그리고 핫산의 2차 대결은 또 마지막이 되게 하고."

"지시대로 하겠습니다, 전하."

힐만 공작은 몹시 기꺼워하는 황태자를 보고 만면에 웃음을 지었다. 상관이 기분 좋아야 아랫사람도 좋기 때문이다.

"정비(正妃)가 볼 때는 어떠했소?"

황태자의 시선을 받은 여인이 배시시 미소를 짓는다.

공작가의 공녀였는데 간택을 받아 황태자비가 된 여인이다. 혼인하기 전 제국의 귀족가에선 '로렌카의 꽃'이라 불리던 절세미녀이다.

"핫산이라는 자의 계략이 좋았어요. 저서를 마법이라도 섞으니 상당한 효과를 내는군요."

"차비(次妃)는 어떠하오?"

황태자의 둘째부인인 여인 또한 공작가의 공녀 출신이다.

웃으면 반달처럼 휘어지는 미소가 아름다워 '맥마흔의 웃
는 꽃'이란 별명이 있다.

"7서클인데도 트리플 캐스팅이 너무나 능란해요. 엄청난
수련을 한 모양입니다."

"하하! 정비와 차비 또한 그렇게 보았소?"

"네, 전하."

둘이 이구동성으로 대답하며 살짝 고개를 숙이자 황태자
는 기분이 좋아졌다.

"저자에게 상을 내려야겠소. 정비와 차비는 어떤 것이 좋
다 생각하오?"

"전하께오서 관심을 가지시는 자이니 싸미라를 하사한 건
어떨까 싶사옵니다."

"아! 좋은 생각이십니다. 저도 적극 동의합니다."

"싸미라를?"

금은보화나 마나석, 또는 마법서를 주라고 할 줄 짐작하고
있던 황태자는 살짝 이맛살을 찌푸린다.

싸미라는 올해 스무 살이 된 아름다운 여인으로 백작가의
여식이다. 너무도 아름다워 수도의 모든 귀족가에서 군침을

흘리고 있다.

그럼에도 직접적으로 청혼을 한다는 등의 행동을 한 귀족가는 없다. 장차 제국의 하늘이 될 황태자가 눈여겨본다는 풍문이 나돈 때문이다.

괜히 황태자가 노리고 있는 여인을 차지했다가 멸문지화까지는 아니지만 영원히 권력의 핵심에서 밀려나는 불상사를 겪고 싶지 않기 때문이다.

"힐만 공작도 그러하오?"

"그건… 네. 싸미라 정도면 아주 흡족한 상이 될 겁니다."

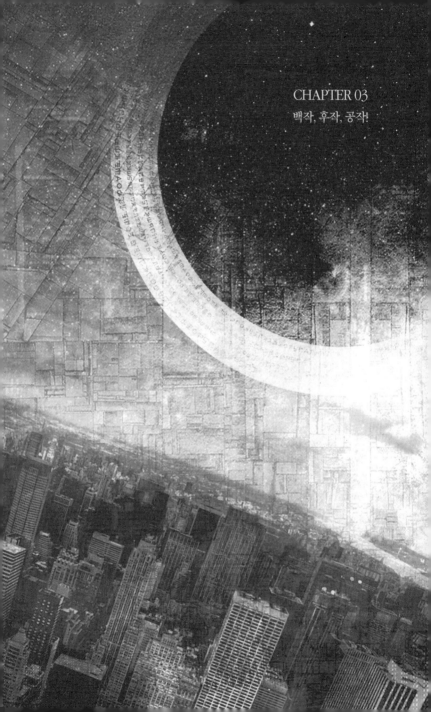

CHAPTER 03
백작, 후작, 공작!

힐만 공작이 잠시 말을 끊은 건 정비와 차비의 시선을 받은 때문이다. 정치란 남자들만의 것이 아니다.

장차 제1황후와 제2황후가 될 여인들에게 밉보여 좋을 게 하나도 없다. 그렇기에 마음에도 없지만 고개를 끄덕여 동의한 것이다.

황태자는 힐만 공작의 이런 상황을 모른다. 하여 잠시 뭔가를 생각하는 표정을 짓는다.

이때 정비가 나선다.

"전하, 세상에는 많은 미녀가 있사옵니다. 이번 영주 선발대회 통과자에게 하사하기로 결정된 여인 중에도 참으로 아름다운 미녀들이 있지요."

"네, 제가 보았을 때 아르센 대륙 라수스 협곡 출신 다프네는 싸미라보다도 월등한 미녀이옵니다."

황태자는 대답 대신 고개를 끄덕인다. 전적으로 동의하는 내용이기 때문이다.

얼마 전, 황궁 행정처로부터 출두해 달라는 요청을 받았다. 이번 영주 선발대회의 승자에게 하사될 여인들에 대해 점고[4]를 해달라는 것이다.

점고는 황태자만 하는 것이 아닌지라 황태자 집무실이 아닌 황궁 로비에서 진행되었다.

30명의 실세 공작이 참여한 점고에서 만장일치로 아름다움을 인정받은 존재가 바로 다프네이다.

사람들의 시각은 각각 다르다.

누군가에겐 좋지만 내겐 별로일 수 있고, 내 눈엔 좋아 보이지만 타인에겐 그저 그럴 수 있다.

그런데 만장일치였다.

유사 이래 처음 있는 일이기에 소문이 번졌고, 결국 정비와 차비가 다프네를 처소로 불러들여 확인했다.

둘 다 한때 세상을 풍미한 절세미녀이다.

---

4) 점고(點考) : 명부에 일일이 점을 찍어 가며 사람의 수를 조사하는 일.

그럼에도 다프네를 보는 순간 왠지 위축되는 느낌을 받았다. 잡을 흠이 하나도 없었기 때문이다.

이 정도면 황태자의 첩실이 되어야 한다. 문제는 출신이다. 다프네는 아르센 대륙에서 사온 노예이다.

타 대륙 여인을 황태자의 측실로 삼아선 안 된다. 자칫 황실의 혈통을 더럽히는 일이 될 수도 있기 때문이다.

게다가 천한 노예 출신인 것도 문제이다. 하늘과 땅만큼 신분의 차이가 있어 결코 맺어질 수 없는 것이다.

황태자에겐 억울한 일이고, 다프네에겐 다행한 일이다. 그렇기에 승자에게 주어지는 상품이 된 것이다.

당시 힐만 공작은 몹시 아쉬워하는 황태자에게 이렇게 말하였다.

"전하, 아무리 아름다운 여인이라 할지라도 세월이 흐르면 그 아름다움이 흐려지는 법이옵니다. 열흘 붉은 꽃이 없다는 말이 있으니 아쉽겠지만 마음을 접으시옵소서."

"그런가?"

"네, 전하께서 품으시기에 너무나 천합니다. 옥체에 흠이 될 듯하오니 마음을 거두시지요. 돌밭에는 씨를 뿌리지 않는 게 좋다 하지 않습니까."

"알았다. 충언을 받아들이지."

당시 힐만 공작은 정비와 차비로부터 압력을 받았다. 자칫 황태자의 총애가 다프네에게 향할 수 있기 때문이다.

"전하, 싸미라를 준비시킬까요?"

"…그러게. 드마인 백작에게 내 뜻을 전하게. 핫산은 한 번 더 이겨야 백작이 되지만 패해도 자작위는 받을 것이니 그리 큰 손해는 아닐 것이라 하고."

"네, 전하. 드마인 백작은 기꺼운 마음일 겁니다. 핫산은 전하께오서 관심을 갖는 자이니 말입니다."

힐만 공작의 말은 사실이다.

황태자가 눈여겨보는 인물은 출세할 가능성이 높다.

그리고 오늘 보여준 것은 황태자뿐만 아니라 모든 마법사가 눈여겨볼 만한 것이다. 현수가 로렌카 제국의 마법사라면 지금 출셋길이 열린 것이다.

그런 핫산에게 딸을 내어주는 드마인 백작가 또한 혜택을 입는다. 차기 황제가 콕 집어서 중매를 섰으니 분명히 후사를 책임질 것이기 때문이다.

"오늘도 내 연공실을 핫산에게 개방하게."

"물론입니다."

황태자와 정비, 그리고 차비가 퇴장할 때까지 관중들은 예를 갖추느라 모두 일어서 있다.

황태자 퇴장 후 현수는 힐만 공작을 따라 다시 연공실로 되돌아갔다. 가는 동안 힐만 공작이 한마디 한다.

"늘 겸손하라. 그리고 충심을 잃지 마라. 전하께서 너를 눈여겨보고 계신다. 그리고 곧 좋은 일이 있을 것이다."

싸미라라는 미녀를 안겨주겠다는 뜻이다. 물론 현수는 전혀 짐작도 못할 일이다.

"감사합니다."

"내게 감사할 일이 아니라 전하께 감사해야지. 그분께 충성하는 것이 은총에 대한 보답이다."

"알겠습니다."

현수가 고개를 끄덕이자 힐만 공작은 흡족하다는 표정을 짓는다.

공작이 물러간 뒤 현수는 서가의 마법서들을 읽기 시작했다. 또 하루의 여유가 주어졌으니 나머지도 읽어둘 생각이다.

"흐음! 이건 괜찮군."

아르센 대륙의 아이스 포그와 비슷한 마법이 있다.

스무디 포그라는 이름의 마법이다. 흑마법사의 마법답게 희뿌연 색깔의 운무가 피어오른다.

그런데 독을 품고 있다.

느닷없이 번개가 치기 때문이다. 문제는 랜덤이라는 것이다. 번개가 칠 수도 있고 아닐 수도 있다.

그리고 하나일 수도 있고 여러 개일 수도 있다.

스무디 포그 안에 들어 있는 자는 어둠 속에서 번개를 맞이하게 된다. 감전되면 부상을 입거나 사망하게 된다.

요행히 번개를 피했다 하더라도 문제가 있다. 잠깐이지만 시력을 잃게 된다. 거의 무방비 상태로 노출되는 것이다.

"흐음! 이건 연구해 볼 만하네."

현수는 침식을 잊고 마법 연구에 몰두했다. 모처럼 흥미 있는 소재를 찾은 과학자 같은 기분이 된 것이다.

그렇게 180일 정도가 흘렀다.

미완성이던 스무디 마법은 가칭 썬더 인 클라우드(Thunder in cloud)라는 새로운 마법으로 탈바꿈했다.

흑마법에서 착안은 했지만 월등하게 개선시키고 안정시킨 것인지라 이실리프 마법서를 꺼내 거기에 기록했다.

이 마법 수식의 아래엔 제2대 마탑주인 하인스 멀린 킴 드 셰울이 마인트 대륙의 마법에서 착안한 것이라고 분명하게 기록해 두었다.

그리고 나니 괜스레 기분이 좋다. 뿌듯한 성취감이 느껴진 것이다.

"후후! 이 정도면 괜찮은 거 하나 건진 셈이네."

현수는 흡족한 미소를 지었다. 이때였다.

끼이익—!

문이 열리고 힐만 공작의 얼굴이 보인다.

"가세. 이제 곧 대결이네. 한데 성과가 있었나 보군."

힐만 공작은 하루 만에 얼굴빛이 바뀐 현수를 보고 웃음 짓는다.

"네, 가죠. 제 상대는 누구입니까?"

가는 동안 상대에 대한 정보를 얻어냈다. 지피지기(知彼知己)면 백전불태(百戰不殆)이니 당연한 일이다.

적이 어느 정도이고 내가 어느 정도인지를 명확히 알면 백 번 싸워도 한 번도 위태롭지 않다는 듯이다.

상대가 강하면 피하면 되고, 상대가 약하면 마음 놓고 공격을 퍼부을 수 있으니 당연한 일이다.

"이번 상대는 가엘라 키피터 자작이네. 8서클 유저지만 마스터급이니 조심해야 하네. 특기는 화염계 마법이지. 특히 6서클 파이어 레인은 헬 파이어급이네."

"그 밖에 조심할 점은요?"

"키메라를 아주 잘 부리네. 그리고 고블린의 몸에 하피의 날개를 단 것들을 주의하게. 하급 몬스터라 쉽게 생각했다간 큰코다치네."

"숫자가 많은가 봅니다."

"그렇지. 그보다는 놈들의 혈액이 트롤의 것이라는 거야. 상처를 입어도 즉시 재생되네. 어설프게 공격했다간 죽은 줄 알았던 놈들이 발목을 노리지."

말이 된다. 웬만해선 죽은 시체가 공격할 수 있다고 생각지 않기 때문에 방심하다 당할 수 있는 것이다.

힐만 공작은 가엘라 키피터 자작과 철천지원수라도 되는 지 미주알고주알 말해주었다.

이런 마법으로 공격할 땐 이렇게 막으면 되고, 상대가 어떤 제스처를 취하고 있으면 룬어를 영창하는 중이니 기회를 놓치지 말고 공격을 퍼부으라는 조언도 해주었다.

덕분에 현수는 귀한 정보를 습득했다.

*　　　　*　　　　*

"와아아아! 와아아아! 핫산! 핫산! 핫산!"

현수가 대결장에 등장하자 관중들의 환호성이 엄청나게 커진다. 화제의 중심에 선 인물, 황태자가 각별히 아끼는 인물, 7서클이지만 8서클을 이긴 인물이다.

열화와 같은 응원을 보내는 관중을 살핀 현수는 귀빈석으로 시선을 돌렸다. 황태자와 한 여인이 앉아 있다.

고개를 숙여 예를 갖추니 황태자는 손을 들어 가볍게 흔든다. 그리곤 입모양으로 '이기게' 라고 뜻을 전한다.

현수는 고개를 끄덕이곤 상대편이 등장할 통로를 바라보았다. 이때 서른쯤으로 보이는 덩치 큰 사내가 들어선다.

가엘라 키피터 자작이다.

환호성의 중심이 자신이 아니라 핫산이라는 듣보잡에게 쏟아지는 것이 마뜩치 않다.

하여 가능하면 목숨을 끊어버릴 생각이다.

자신은 8서클 마스터에 가깝고 상대는 7서클 유저이다.

둘 사이엔 넘을 수 없는 벽이 있으니 승리는 어린아이 팔목 비틀기보다 쉬울 것이다.

지난 대결에서 8서클 마법사를 이겼다곤 하지만 상대의 의 표를 찌른 공격에 당황한 나머지 반격할 타이밍을 놓쳐 패배한 것이다.

자신은 그따위 저급한 공격엔 당하지 않는다. 앱솔루트 배리어는 신체 전부를 막아주기 때문이다.

'속전속결이야. 헬 파이어는 범위가 크고 타격도 크지만 마나 소모량이 너무 많으니 가급적 파이어 레인으로 기선을 제압해야 해.'

가엘라 키피터 자작은 조금도 긴장하지 않은 듯한 현수를 바라보고 비릿한 조소를 베어 문다. 잠시 후 시체가 될 놈이다. 그리고 나면 한 구의 구울, 또는 좀비가 될 것이다.

놈에게 영원한 안식이란 없다.

'지금이 마지막으로 듣는 환호성일 거다.'

자작은 대결 진행자에게 시선을 준다. 어서 나와서 주의 사항을 전달하고 들어가라는 뜻이다. 그런데 나오질 않는다.

"이봐, 진행자. 어서 나오지 않고 뭐 하는가?"

"…죄송합니다, 자작님. 지금 내기 돈이 너무 크게 걸려서……. 잠시만 기다려 주십시오. 죄송합니다."

대회 진행자는 내기 돈을 관리하는 사내들에게 시선을 준다. 워낙 인원이 많고 액수도 많기에 내기 돈은 맥마흔의 밤을 지배하는 조직에서 관리한다.

조직이라 하여 조폭 같은 개념이 아니다.

맥마흔엔 상당히 많은 주민이 거주한다. 당연히 도둑, 강도, 소매치기, 사기꾼, 협잡꾼 등도 많다.

이들을 잡아 관에 압송하는 것이 조직이다. 그럼 정해진 상금이 수여된다. 일종의 자발적 야경단이다.

그렇기에 관중들이 기꺼이 내기 돈을 맡기는 것이다.

"대체 얼마나 걸렸기에 그런 거야?"

자작의 물음에 진행자가 표 비슷한 것을 보더니 대꾸한다.

"현재까지 1,870만 골드가 걸렸습니다."

"뭐? 얼마?"

자작이 놀란 듯한 표정을 짓는다. 한화로 18조 7,000억 원이다. 당연히 대경실색할 금액이다.

"지금 집계 중인데 곧 2,000만 골드가 넘을 것 같습니다. 조금만 더 기다려 주십시오."

"허어!"

액수가 어마어마함에 놀랐는지 어서 진행하라는 말을 하지 않는다. 그러다 생각났다는 듯 다시 묻는다.

"그런데 나와 저자에 걸린 비율은?"

"핫산 브리프 자작님과 가엘라 키피터 자작님은 현재 12 대 1 정도 됩니다."

"12 대 1? 그게 무슨 뜻이지?"

"누군가 핫산 브리프 자작님에게 돈을 걸었는데 핫산 브리프 자작님께서 승리하시면 그 사람은 자신이 건 돈의 12배를 승리 수당으로 받는 겁니다."

"누가 누굴 이겨?"

가엘라 키피터 자작은 왜 예를 들어도 그렇게 드느냐는 표정이다. 노골적으로 불쾌함을 드러낸다.

"그리고 가엘라 키피터 자작님께서 이기실 경우 12골드를 건 사람은 1골드를 추가로 받는 겁니다."

"뭐라고? 왜 나한테 건 사람은 그렇게 조금 주지? 더 많이 줘야 하는 거 아닌가?"

그의 편을 들어주는데 너무 조금 준다고 소리를 버럭 지른다. 대결 진행자는 내기가 뭔지 모르는 자작에게 설명을 해줘야 마나 하는 표정이다.

그러자 자작이 또 한마디 쏘아붙인다.

"말해보게! 왜 내게 돈을 건 사람에겐 조금밖에 안 주고, 핫산 브리프 자작에게 건 사람은 훨씬 많이 주는 건가? 불공평하다 생각하지 않는가?"

"네?"

"핫산 브리프 자작이 운 좋게 여기까지 올라온 건 인정하는데 그래도 이건 아니지. 내게 건 사람에게 더 많은 돈을 줘야 한다는 말이네. 안 그런가?"

가엘라 키피터 자작은 핏대를 세워가며 성난 표정을 짓는다. 현수에게 집중되는 이목이 마뜩치 않은 때문이다.

이때 멀리 귀빈석에 앉아 있는 황태자가 혀를 차곤 힐만 공작에게 한마디 한다.

"저 친구 저거 아주 물건이구먼. 내기의 룰도 모르고. 안 그런가? 쯧쯧! 저런 자가 백작이 되려 하다니. 공작, 치부책에 기록해 두게. '가엘라 키피터 자작, 식견 짧음. 결코 중용해선 안 될 멍청이', 이렇게 말이네."

"네, 전하."

힐만 공작은 소매 속의 수첩을 꺼내 황태자의 말을 그대로 기록한다.

황태자로부터 찍히는 이 순간 가엘라 키피터 자작은 대결 진행자에게 어서 해명하라면서 성난 표정을 지어 보인다.

"자작님, 내기에 대해 잘 모르시나 본데, 12 대 1이란 자작님이 이번 대결에서 승리하실 확률이 핫산 브리프 자작님보다 12배나 높다는 뜻입니다."

"내가 12배 높다고?"

"네, 자작님의 승리가 당연하다 여기는 사람이 많으니 핫산 브리프 자작님의 승리에 돈을 건 사람이 상대적으로 적어서 그렇게 되는 겁니다."

"그, 그런가?"

가엘라 키피터는 겸연쩍은지 슬쩍 음성을 낮춘다.

"관중들에게 자작님이 마음에 안 들어 한다고 핫산 브리프 자작님에게 돈을 걸라고 이야기할까요?"

"이, 이 사람아, 그게 무슨……. 알았네. 돈 다 걸릴 때까지 기다리지. 험험!"

자신의 실수를 깨달은 가엘라 키피터 자작은 짐짓 뒷짐을 지고는 하늘을 바라본다.

"어허! 오늘 날씨 한번 기가 막히게 좋구먼. 죽기에 딱 좋은 날씨야. 그럼, 그렇고말고! 험험험!"

현수는 피식 실소를 짓는다.

조선시대 말기에 양반첩을 사고팔던 삼정이 문란5)하던 바로 그 시기에 돈으로 족보를 산 이가 제법 많다.

돈은 있는데 머릿속에 든 건 적고 관직은 탐나서 뇌물을 주

_____

5) 삼정의 문란(三政 紊亂) : 조선 재정의 주류를 이루던 전정(田政)·군정(軍政)·환정(還政) 세 가지 수취 체제가 변질되어 부정부패로 나타난 현상.

고 고을 사또가 된 자 또한 많다.

이들은 들인 밑천을 회수하기 위해 학정(虐政)과 가렴주구(苛
斂誅求)를 일삼았다.

보아하니 가엘라 키피터 자작의 영지 또한 그러할 듯싶다.
영주가 저리도 무식하니 어찌 현명한 정치를 하겠는가!

"쯧쯧쯧!"

현수는 저도 모르게 혀를 찼다. 그런데 가엘라 키피터 자작
이 마침 이 소리를 들은 모양이다.

그렇지 않아도 겸연쩍은 판인데 비웃는 듯한 소리가 들리
자 가엘라 키피터 자작은 현수를 노려본다.

당장에라도 잡아먹을 듯한 시선이다.

"가만히 있으면 중간이나 가지, 괜히 나서서…… 쩝! 뭐
내 일은 아니니까. 근데 요즘은 무식해도 백작을 시켜주나?"

"네, 네 이놈!"

분노한 가엘라 키피터 자작이 고함을 지른다. 그러거나 말
거나 현수는 슬쩍 한 걸음 물러선다.

"에구, 어느 영지인지 몰라도 영지민이 불쌍하다. 틀림없
이 나한테 패할 텐데 앞으로 30년을 또 어떻게 버틸까?"

"뭐라? 방금 뭐라 했느냐? 자작위를 얻었다고 하여 다 똑같
은 자작인 줄 아느냐? 나는 20년이 넘었다."

슬쩍 찔러봤는데 죽자고 달려든다. 아주 좋은 반응이다.

자고로 대결에 임하기 전에 써먹으면 가장 좋은 계책이 격장지계라 하였다. 상대로 하여금 평정심을 잃게 하니 이성적이지 못한 행동을 하게 되기 때문이다.

현수가 아무런 대꾸도 하지 않자 화가 난 가엘라 키피터 자작이 뭐라 한마디 하려는 순간이다.

휘리릭—!

대결의 시작을 알리는 깃발을 힘차게 내린다.

"와와와와와와와와아!"

기대감에 찬 관중들이 일제히 소리를 지른다.

"썬더 인 클라우드!"

고오오오! 번쩍! 콰아앙!

"헉! 배리어, 배리어!"

현수에게 달려들어 뭐라 한마디 하려던 가엘라 키피터 자작은 황급히 물러서며 방어 마법을 구현시켰다.

갑자기 자욱한 운무가 피어오르면서 아무것도 보이지 않는 상황을 맞이하자 본능적으로 물러선 것이다.

이 순간 배리어가 생성되었는데 바로 이때 한 줄기 벼락이 가엘라 키피터 자작의 등을 가격했다.

배리어가 앞에만 형성된 때문이다.

"케헤엑!"

수백 볼트의 전류가 전신을 휩쓸자 바르르 떤다.

통상적으로 사람이 감전되어 고통을 느끼는 수준은 20mA 이상이다. 더 이상의 전류가 흐르게 되면 마비가 오며 50~ 100mA 이상일 경우 죽을 수도 있다.

방금 전 가엘라 키피터 자작의 몸을 도체 삼아 흐른 전류의 세기는 약 30mA이다. 짜릿했을 것이다.

순간적으로 근육이 오그라들자 가엘라 키피터 자작은 주저앉을 뻔했다.

하나 명색이 8서클 마스터에 가까운 대마법사이다.

"큐어! 큐어!"

두 번이나 연속하여 치유 마법을 시전한다.

샤르르르—!

마나가 스며들며 체내의 이상을 바로잡으려는 바로 그 순간 현수의 입술이 다시 달싹인다.

공격하기 좋은 자리를 찾기 위해 움직이는 상황인지라 어느 누구도 현수의 입술을 보지 못했다.

"매직 캔슬! 매직 캔슬! 썬더 인 클라우드!"

고오오오! 번쩍! 번쩍! 콰앙! 콰아앙!

"으윽! 배리어! 배리어!"

파직! 파지직—!

"크흑! 커헉!"

이번엔 두 줄기의 벼락이 자작의 신형을 타고 흐른다.

8서클 마법사가 구현시킨 마법이니 10서클인 현수는 아주 쉽게 그것을 취소시켰다. 하지만 어느 누구도 보지 못했다.

자욱한 운무 속에서 이루어진 상황이기 때문이다.

어쨌거나 벼락에 정통으로 가격당한 가엘라 키피터 자작은 그 즉시 극심한 고통을 느끼며 비명을 질렀다. 더불어 근육이 위축되면서 경련이 일어났다. 당연히 서 있을 수 없다.

털썩―!

이때 다시 현수의 입술이 달싹인다.

"썬더 인 클라우드!"

고오오오! 번쩍! 번쩍! 콰앙! 콰아앙―!

"끅! 크흐흑! 커흑!"

이번에도 배리어는 벼락을 막아내지 못했다. 앞만 막았는데 전후좌우에서 벼락이 친 때문이다.

가엘라 키피터 자작은 일렁이는 운무 속에서 여섯 개의 벼락에 격중되었나. 난숨에 70~120mA에 이르는 전류가 흐르자 자작의 심장이 멈추었다.

8서클 마법사라 할지라도 인간인 이상 이 정도 전기 쇼크는 감당해 낼 수 없다.

쿠웅―!

육중한 무엇인가가 땅에 떨어지는 소리가 나자 현수는 사람들의 시야를 가리고 있던 진회색 운무를 해제시켰다.

"매직 캔슬!"

"……!"

"아앗! 가엘라 키피터 자작님이 쓰러지셨다!"

"헐! 자작님은 8서클 마스터급이라 했는데!"

"말도 안 돼! 7서클이 또 8서클을 이겼어!"

"우와! 나 120골드 벌었다!"

"난 360골드라고! 핫산 자작님이 또 이길 줄 알았어! 하하! 하하하! 난 이제 부자다!"

360골드라면 한화로 3억 6,000만 원에 해당된다.

30골드를 걸었다가 12배나 되는 배당금을 받게 되자 저절로 웃음이 나는 듯 호탕하게 웃는다.

"와하하하! 핫산 백작님 만세! 만세! 만세!"

가엘라 키피터 자작과의 대결에서 이기면 백작위를 얻는 것이니 어느 누구도 이 사내에게 뭐라 하지 않는다.

같은 순간, 무조건 이길 것이라 생각하고 있던 가엘라 키피터 자작이 쓰러진 채 움직이지 않자 망연자실한 표정을 짓는 이도 많다.

배당금은 얼마 안 되지만 그래도 짭짤한 부수입이 생길 것이라 예상하여 수백 골드를 건 이들이다.

"난 망했다, 망했어!"

"끄응! 나도. 자넨 얼마 잃었나? 난 280골드나 잃었어."

"난 850골드야! 우리 상단에 물건 들일 돈인데 나 이제 어떻게 하지? 행수님이 알면 공금 횡령했다고 날 잡아 죽이려 할 텐데."

"휴우우! 난 다음 달에 장가가는데 신혼집 살 돈 다 날렸네. 마누라 될 여자에게 뭐라고 하지? 끄응!"

관중석에선 환호성과 더불어 탄식이 멈추지 않는다.

"핫산! 핫산! 기적의 사나이 핫산!"

누군가 핫산의 이름을 연호하자 금방 거대한 파도처럼 관람석을 뒤흔든다.

2011년 4월 13일, 맨체스터 유나이티드 팀은 홈구장인 올드 트래포트에서 숙적 첼시와 만났다.

UEFA 챔피언스 리그 8강 2차전이 벌어진 것이다.

첫 골은 치치리토가 넣었다. 전반 43분의 일이다.

후반이 되자 토레스가 들어가고 드록바가 나왔다. 그리고 얼마 후 드록바의 동점골이 터져 나왔다.

1 대 1 동점 상황이 된 것이다.

그런데 잠시 후,

라이언 긱스가 패스를 했고, 이 공을 받은 박지성은 지체 없이 슛을 했다. 곧이어 첼시의 골망이 흔들렸다.

드록바의 동점골이 터지고 불과 1분 만의 일이다.

박지성이 세리머니를 하는 동안 올드 트래포트의 관중석에서 우레와 같은 '박지성 찬가'가 울려 퍼졌다.

Don't sell my Park!
My Ji Sung Park
I just don't think you understand
and if you sell my Park
You're gonna have a riot on your hands!

박지성을 팔지 마요
나의 박지성을
당신은 이해할지 모르겠어요
만약 박지성을 판다면, 나의 박지성을
우린 폭동을 일으킬 거예요

　참고로 이 경기의 결과 맨유는 4강에 진출했다. 박지성이 승리의 1등공신인 게임이었다.

　로렌카 제국의 수도 맥마흔에 위치한 대경기장의 관중석이 그때와 같다.
　7서클 마법사 핫산이 8서클 마스터급 가엘라 키피터 자작을 쓰러뜨렸다. 사용한 마법은 생전 처음 보는 것이다.

하지만 관중들은 알고 있다. 핫산 브리프 자작이 사용한 마법은 분명 5서클 이내의 것이다.

손가락조차 보이지 않을 정도로 자욱한 운무 속에서 잠시 번쩍이는 빛이 있었다.

분명 2서클 클라우드, 혹은 포그 계열 마법이다.

번쩍인 빛 또한 2서클 라이트닝, 또는 3서클 체인 라이트닝일 것이다.

두 개의 마법을 섞어 자신보다 훨씬 상위에 있는 가엘라 키피터 자작을 자빠뜨렸다. 그리고 아직 움직임이 없다.

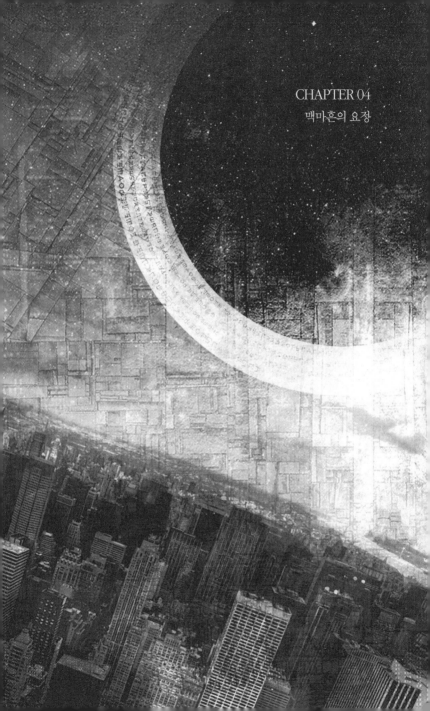

CHAPTER 04
맥마흔의 요정

　관중들의 환호성이 점점 커져갈 때 대결 진행자는 가엘라 키피터 자작에게 다가가 숨을 확인하고 맥을 짚었다.

　그리곤 두 팔을 교차하여 X자를 만들어 보이곤 현수 쪽을 향해 손을 치켜들었다. 핫산 브리프가 가엘라 키피터 자작을 누르고 백작위를 차지하는 순간이다.

　"와아아아아! 핫산! 핫산! 핫산!"

　관중석은 열광의 도가니에 빠져 고래고래 소리 지르는 관중들로 그득하다.

　12 대 1로 가엘라 키피터 자작에게 돈을 건 사람이 월등히

많지만 잃은 것은 잊기로 했는지 같이 소리를 지른다.

"핫산! 핫산! 핫산! 핫산! 핫산!"

승자 대기실에 있던 15명의 백작위 취득 예정자는 관중석의 고함에 놀라 모두가 대결장으로 나왔다.

당연히 이길 것이라 예상한 가엘라 키피터 자작은 죽었는지 들것에 실려 나가고 있다.

"세상에, 7서클 유저가 8서클 마스터급을 이겼어. 이게 말이 되는 거야?"

승자 중에는 가엘라 키피터 자작과 대결하게 되지 않기를 간절히 바란 자들도 있다.

8서클 유저들이다.

7서클 유저인 핫산을 뽑으면 아주 간단하게 작위를 얻을 것이라 생각하고 현수가 상대가 되기를 바랐다.

그런데 멍한 시선으로 현수를 바라보고 있다.

자신들조차 감당하기 버거운 8서클 마스터급 대마법사를 골로 보냈다. 어찌 믿어지겠는가! 하여 백작위 예정자 모두가 멍한 시선으로 현수를 바라본다.

함성은 관중석을 열두 바퀴나 돌았다. 그리고 숨이 찬지 잦아들었다. 이때 누군가 마나 실린 음성을 토한다.

"모두 조용!"

"……!"

힐만 공작의 한마디에 모두가 입을 다문 채 귀빈석으로 시선을 집중시킨다. 이때 황태자가 자리에서 일어선다.

"오늘의 승자 핫산 브리프 백작 예정자는 즉시 이 앞으로 오라!"

황태자의 시선을 받은 현수는 고개를 숙여 예를 취한다.

"…네, 알겠습니다."

현수가 다가서자 귀빈석까지 이르는 통로가 저절로 열린다. 곧 백작이 되실 몸이다. 어쩌면 후작위를 차지할 수도 있고, 더 높이 올라가 하늘같은 공작님이 될 수도 있다.

게다가 하위 마법사들에게 꿈과 희망을 안겨준 장본인이다. 하여 자발적으로 자리를 비켜준 것이다.

저벅저벅, 저벅저벅!

10만 명이 넘는 관중이 있지만 현수의 걸음 소리가 들릴 정도로 고요하다. 참으로 기이한 일이다.

하나같이 현수에게 시선을 고정시키고 있다.

저벅저벅, 저벅저벅! 척—!

황태자가 있는 귀빈석에 당도하자 힐만 공작이 설 자리를 지정해 준다. 그 자리에 멈춰 서자 황태자가 입을 연다.

"나 로렌카 제국의 황태자 슐레이만 로렌카는 오늘 참으로 대단한 대결을 목격했다. 서클 수를 초월한 값진 승리를 거둔 그대를 축하한다."

"감사합니다."

또 한 번 정중히 고개를 숙여주었다. 고개 따윈 백 번이라도 숙여줄 수 있기 때문이다.

"영주 선발대회 신청서의 기록을 보면 그대는 아직 미혼이다. 실로 그러한가?"

"…네, 그러합니다."

이곳은 지구와는 완전히 다른 세상이다.

아르센에서도 아직 혼례를 올리지 않았으니 미혼인 것이 맞아 그렇게 썼다.

안 그러면 배우자의 성명, 그리고 자식이 있다면 그 성명까지 모두 기록해야 하기 때문이다.

다행히 실종된 핫산 브리프 역시 미혼이다.

"좋아. 나는 축하의 의미로 그대에게 아내를 주지."

"네? 그게 무슨……?"

현수의 멍한 표정을 바라본 황태자는 싱긋 미소 짓는다. 좋은 일이니 그냥 받아들이라는 뜻이다.

"드마인 백작의 여식이자 '맥마흔의 요정'이라 불리는 싸미라, 그대는 이 사내의 아내가 되겠는가?"

지금껏 황태자의 곁에 앉아 있던 절세미녀가 공손히 고개를 숙이며 대답한다.

"네, 전하."

"하하! 하하하! 참으로 기쁘도다. 이로써 싸미라는 핫산 브리프 백작 예정자의 아내가 되었다. 황태자의 권한으로 둘의 혼인이 이루어졌음을 선포하는 바이다."

"와아아아! 와아아아!"

관중석에서 일제히 환호성을 터뜨린다.

지방에서 온 사람들은 잘 모르지만 이곳 사람들은 싸미라가 맥마흔의 요정이라 불릴 만큼 아름다운 여인이라는 걸 잘 알기 때문이다.

하여 드마인 백작의 저택 앞에는 늘 사내들이 득실거렸다. 싸미라의 자태를 한 번이라도 보고 싶은 것이다.

물론 황태자가 싸미라에게 눈독을 들이고 있다는 소문이 있어 청혼을 하는 등의 일은 없었다.

오늘 황태자는 점찍어둔 절세미녀를 핫산 브리프 백작 예정자에게 하사했다. 이것의 의미는 참으로 중차대하다.

핫산 브리프가 황태자의 마음에 쏙 들었다는 것이다. 이는 장차 그가 권력의 실세가 될 것임을 의미한다.

이제 핫산 브리프의 세상이 열리는 것이나 다름없다.

"나는 오늘 이 자리를 빌려 우리 로렌카 제국의 마법사들에게 말한다."

"......!"

황태자의 마나 섞인 위엄 넘치는 소리에 관중들은 또 한 번 시선을 집중시킨다. 또 무슨 말을 할까 싶은 것이다.

모두의 시선이 모이자 황태자는 카리스마 넘치는 표정으로 말을 이었다.

"오늘 나는 핫산 브리프 백작 예정자에게 내가 아끼던 싸미라를 아내로 하사했다."

황태자는 본인이 싸미라를 어찌하고 싶었음을 감추지 않는다. 이런 속내를 만인환시 중에 드러내는 것은 황제와 황태자는 법적으로 무치(無恥)인 때문이다.

무치란 '부끄러움이 없다'는 뜻으로, 무엇을 하든 흠이 되지 않는다는 것을 의미하는 말이다. 황제와 황태자는 주신의 가호 아래 놓인 성역이기 때문이다.

관중들은 모두 고개를 끄덕인다. 황태자의 말이 구구절절 모두 사실이기 때문이다.

"핫산 브리프 백작 예정자가 더 이상의 도전을 멈춘다면 추가로 두 명의 미녀를 상으로 받게 될 것이고, 공작위까지 오른다면 네 명의 미녀를 고를 수 있는 특전을 얻게 된다."

현수는 모르지만 로렌카 제국의 백작에 봉해지면 약 40만 km^2짜리 영지를 하사받는다.

참고로 지구엔 252개 국가가 있다.

이 중 국토 면적 60위인 파라과이는 40만 6,752km^2이다. 61위는 짐바브웨로 39만 757km^2에 달한다.

백작이 되면 이 정도 면적을 다스린다. 가히 일국의 국왕이라 해도 과언이 아닐 정도가 되는 것이다.

참고로 일본은 62위로 37만 7,915㎢이고, 109위인 대한민국은 9만 9,720㎢이다.

자작이 딱 대한민국만 한 영지를 운영한다.

어쨌거나 후작령은 백작의 영지보다 세 배가량 넓다. 그리고 공작령은 후작령의 세 배 규모이다.

만일 현수가 공작위까지 얻게 된다면 황제로부터 무려 360만㎢짜리 영지를 하사받게 된다.

참고로 지구 7위 국가인 인도의 영토는 328만 7,263㎢이다. 인도의 현재 인구는 12억 3,634만 명으로 지나에 이어 세계 2위이다.

이러니 영지를 차지하려고 기를 쓰는 것이다.

물론 인구수는 지구에 비할 수 없을 정도로 적다.

굳이 따져보자면 100분의 1 수준이다. 하여 공작이 되면 약 1,200만 명이나 되는 영지민을 다스리게 된다.

"어쩌겠는가? 그대는 후작위에도 도전을 하겠는가?"

황태자는 어떤 대답이 나올지 궁금하다는 표정이다.

현재 후작위를 노리는 사람 대부분이 9서클 마법사이다. 유저도 있지만 마스터급도 있다.

마스터가 된 지 오래지 않아 노련한 선배 마법사들을 감당할 수 없음을 자인하고 하향 안정 지원한 자들이다.

현수는 7서클 유저로 소문나 있다. 9서클 마스터인 황태자와 힐만 공작도 그렇게 파악하고 있다.

오늘 7서클이지만 8서클 마스터급 마법사를 이겼다.

하지만 상대가 9서클이라면 조금 어렵지 않겠나 싶어 물은 것이다.

오늘 사용한 마법이 어떤 것인지 모른다.

스무디 포그라는 불안정한 마법과 비슷하긴 한데 그보다는 훨씬 더 운무가 짙었다. 그리고 매번 벼락이 생성되었다.

따라서 한 번도 보지 못한 마법이라 생각하는 중이다.

그게 무언지는 나중에 물을 예정이다.

어쨌거나 황태자가 보기에 핫산 브리프는 장래가 촉망되는 마법사이다. 후작위나 공작위에 도전했다가 조금 전 목숨을 잃은 가엘라 키퍼터 자작 같은 꼴이 될 수도 있다.

그렇기에 맥마흔의 요정이라는 싸미라를 아내로 하사했다.

아름다운 여인을 맞이하며 뼈와 살이 타는 밤을 보내라는 의미이다. 그러려면 이제 대결을 멈춰야 한다.

그렇기에 은근슬쩍 압력을 넣은 것이다.

그런데 현수는 예서 멈출 수 없다. 얻으려는 여인이 싸미라가 아닌 다프네이기 때문이다.

"어쩌겠는가, 핫산 브리프? 자네는 내일부터 시작될 후작위 결정전에 도전하겠는가?"

"…황태자 전하께서 허락하신다면 도전해 보고 싶습니다."

"후작위를 노리는 사람들은 9서클 마스터급도 있네."

"…그래도 한번 해보고 싶습니다."

현수는 일부러 시간을 끈 뒤 대답했다. 망설이는 기색으로 여기라는 의도이다.

"흐음! 정녕 그러한가?"

"네, 제가 후작위를 얻는 것이 황태자 전하께 입은 은혜에 대한 보답이라 생각합니다. 도전하겠습니다."

"와아아아아! 와아아아아! 핫산! 핫산! 핫산!'

관중석이 또 한 번 들썩인다. 어쩌면 내일 또 기적 같은 역전승이 빚어질지 모른다는 기대감 때문이다.

오늘 내기에서 큰돈을 벌거나 잃은 사람들 모두 안색이 밝아진다. 내일 더 큰돈을 벌게 되거나 잃은 본전을 되찾을 기회가 생긴 때문이다.

"좋아. 본인의 뜻이 그러하다면 허락하지."

황태자가 고개를 끄덕이자 관중들은 또 한 번 환호성을 터뜨린다.

"와와와와와와와와!'

잠시 시간이 흐른 후 황태자가 손을 들자 모두가 입을 다문다. 아직 얘기가 안 끝났다는 뜻이기 때문이다.

다시금 고요해지자 황태자가 입을 연다.

"지금껏 매 30년마다 영주 선발대회가 있었다. 그런데 그 기간이 너무 길다. 하여 앞으로는 매 10년에 한 번씩 영주 선발대회를 개최할 것이다."

"우와와와와와와와!"

관중석의 환호성이 엄청나게 크다. 전혀 기대치 않은 큰 선물을 받은 기분이기 때문일 것이다.

황태자가 다시 손을 들자 또 고요해진다.

"핫산 브리프 백작 예정자는 7서클 마법사이다. 그럼에도 8서클 마스터 이상이 되어야 참가할 자격을 얻는 후작위 결정 대결에 임하게 되었다."

"……!"

"나는 핫산 브리프 백작 예정자가 또 한 번의 기적을 일으킬 수도 있다고 생각한다."

7서클이 9서클을 상대해서 이길 수 있다는 발언이다.

이 말이 평범한 사람의 입에서 나왔다면 당장 면박을 당했을 것이다. 서클 수가 두 개나 차이나기 때문이다. 이는 유치원생과 격투기 선수의 대결에 비교될 만한 차이이다.

그런데 발언한 장본인이 황태자이다. 자타가 공인하는 9서클 마스터이기도 하다.

그렇다면 진짜 기적이 또 일어날 수 있다는 뜻이다. 하여 모두들 진지한 표정으로 시선을 집중한다.

"하여 다음 대회부터는 서클 수의 제한을 없애기로 한다. 누구든 쟁취하고 싶은 작위에 도전하라. 승자는 권력과 미인을 얻을 것이다!"

"우와아아아아아아아아! 황태자 전하 만세! 만세! 만세!"

관중들의 함성 소리가 엄청나다. 마치 본인이 작위를 얻은 것 같은 심정인 모양이다.

하긴 10년만 죽어라고 한 우물을 파면 뭔가를 이루어도 이룰 것이다. 서클 수가 늘어날 수도 있고 마법적 경지가 한결 깊어질 수도 있다.

10년 후엔 본인이 대결장에 승리한 모습으로 서 있는 것을 상상하는 모양이다. 하면 환호함이 마땅하다.

현수는 강한 카리스마로 관중을 사로잡고 탁월한 언변으로 그들의 심사를 쥐고 흔드는 황태자를 바라보았다.

아직은 본인에게 해되는 일을 한 바 없다. 오히려 혜택을 주어 좋기만 하다. 그렇기에 정중하게 예까지 갖추는 것이다.

하지만 상대는 흑마법사들의 수장이 될 인물이다.

조금 더 조사를 해봐야 알겠지만 사악한 일을 자행하고 있다면 의당 목숨을 끊어놓아야 한다. 그렇지 않아 다프네만 데리고 가더라도 반드시 주지시킬 것들이 있다.

첫째, 더 이상 아르센 대륙의 여인들을 납치해서는 안 된다는 것이 그것이다. 타향에 끌려와 알지도 못하는 사내들을 위한 상이 되는 건 바라지 않을 것이다.

둘째, 흑마법이 아르센 대륙에 전파되지 않도록 확약을 받아야 한다. 이실리프 마탑주는 명실공히 백마법을 대표하는 존재이기 때문이다.

한편, 황태자는 핫산 브리프가 서클 수를 극복하고 승리를 쟁취한 타이밍에 싸미라를 아내로 주었다.

그리고 차기 대회에 관한 말을 했다. 모든 마법사의 전폭적인 지지를 받을 만한 발언이다.

본인이 의도한 이상의 결과가 빚어진 듯하다. 하여 심히 흡족하다는 표정으로 싸미라를 바라본다.

"싸미라, 너는 이제 핫산 브리프 백작 예정자의 아내이다. 가서 그의 곁에 서라."

"네, 전하."

공손히 머리를 숙인 싸미라는 사뿐사뿐 걸어 현수의 곁으로 다가온다. 그리곤 이 보 앞에 멈춰 서서 아주 공손히 예를 갖춘다.

"드마인 백작가의 여식 싸미라가 부군께 예를 올립니다."

"……!"

현수는 아무런 말 없이 공손히 허리까지 숙이는 싸미라를 바라보았다. 황태자나 힐만 공작이 보았을 때엔 너무도 당황해서 아무런 말도 못하는 모습으로 비춰진다.

하긴 싸미라가 아름답기는 아름답다. 오죽하면 황태자가 눈독을 들였겠는가!

부군을 맞이하는 예를 갖춘 싸미라는 조신한 움직임으로 현수의 곁에 선다. 그리곤 황태자를 마주 보고 선다.

"싸미라, 맥마흔의 요정이라 불리는 너에게 특별한 선물을 내리겠다. '정복자의 길'에 위치한 저택 하나와 10만 골드이다. 지참금으로 그만하면 되겠는가?"

신혼집과 막대한 생활비를 주겠다는 뜻이다. 참고로 10만 골드는 1,000억 원이다.

"감사하옵니다, 전하. 전하의 은혜가 하해와 같사옵니다. 부디 만수무강하시옵소서."

"하하! 하하하! 그래그래, 오늘 내가 아주 흡족하구나. 하나 이곳에만 머물 수는 없다. 힐만 공작, 이만 가지."

"네, 전하."

힐만 공작의 안내를 받아 퇴장하는 동안 관중석에선 '황태자 전하 만세!'라는 소리가 끊이지 않는다.

당연히 황태자의 입가엔 웃음기가 배어 있다.

현수는 멀어져 가는 황태자를 바라보고 있다. 어떻게 해야 할지 난감한 느낌이 들기 때문이다.

"부군께선 수도에 머물 집이 없다 들었사옵니다."

"그걸 어찌 아십니까?"

"전하께오서 부군에 관해 많은 이야기를 해주셨사옵니다. 하여 알게 된 것이지요."

현수는 고개를 끄덕인다. 제국의 정보력은 아르센 대륙의 그것을 훨씬 능가한다. 아마 지금쯤 진짜 핫산 브리프에 대해 조사하고 있을 것이다.

라트보라 남작이 걱정하지 않아도 된다고 여러 번 말했지만 그래도 남의 신분을 위장하고 있는 중이다. 그렇기에 모든 것이 조심스럽기만 하다.

"그랬습니까?"

현수는 싸미라를 대하는 것이 어색하다.

오늘 처음 만나서가 아니다. 황태자가 맺어준 아내이기 때문이다. 로렌카 제국에선 내칠 수 없는 존재인 것이다.

"네, 머무실 곳이 없을 터이니 조금 불편하시더라도 오늘은 저희 집으로 가시지요."

"……!"

현수는 대답 대신 빤히 그녀를 바라보았다. 싸미라는 혹시라도 거절할까 싶어 얼른 말을 잇는다.

"웬만한 여관보다는 머무시기 편할 것입니다. 아울러 대결을 준비하실 수 있도록 아버지께서 연공실을 기꺼이 비워주실 겁니다."

싸미라는 행여 이 사내의 심기를 거스를까 두렵다는 듯 매우 조심스런 표정과 어투이다.

황태자가 지목해 준 배우자이다. 아까 전격적인 발표를 하기 직전 황태자는 싸미라에게 의향을 물었다.

'너를 핫산 브리프의 아내로 주려 한다. 마음에 들지 않으면 지금 말하라. 네 뜻에 따라주마.'

이 말을 들었을 때 싸미라는 핫산 브리프에게 시선을 고정시키고 있었다. 기적을 일으키는 사내이다. 그리고 황태자의 관심을 받고 있는 존재이기도 하다.

신장은 184㎝, 체중은 76㎏ 정도 되는 호리호리한 체형의 사내이다. 흑발이고 피부색은 약간 노랗다.

짙은 눈썹과 균형을 이룬 얼굴을 보니 호감이 간다. 왠지 마음에 들었다. 하여 황태자의 물음에 고개를 끄덕였다.

'황태자님의 뜻에 따라 저 사내의 아낙이 되겠사옵니다.'

이렇듯 싸미라는 자의로 현수를 선택했다. 평생을 함께할 사내이므로 모든 것이 조심스럽다.

현수는 잘 모르지만 마인트 대륙은 거의 조선시대나 다름없다. 남존여비(男尊女卑)와 여필종부(女必從夫)가 원칙인 곳이다. 남자가 여자보다 훨씬 귀한 존재이며 아내는 반드시 남편의 뜻을 따라야 하는 곳이다.

게다가 일부다처제도 당연시 여긴다.

칠거지악[6] 같은 것은 없지만 어떤 면에서 보면 남자들이 살기에 딱 좋은 곳이다.

"내키지 않으시면 아니 가셔도 되옵니다."

"······!"

현수는 대답 대신 싸미라를 빤히 바라보았다. 싸미라는 현수와 시선이 마주치자 부끄러운 듯 고개를 숙인다.

"집이 이곳에서 멉니까?"

"네? 아, 아니옵니다. 마차를 타고 가시면 그리 오래 걸리지 않사옵니다."

"그렇다면 한번 가봅시다."

"하면 제가 안내하지요."

현수는 싸미라의 뒤를 따랐다. 황태자의 연공실로 가봤자 더 볼 책도 없다. 게다가 어둠의 마나가 스멀스멀 새어 나오는 그곳엔 더 이상 있고 싶지 않았다.

여관으로 가도 되지만 지금 수도의 모든 숙박업소는 만원일 것이다. 밤이 되면 고주망태들이 널릴 것이고, 시끄럽기 이를 데 없을 것이 뻔하다.

요즘 수도는 매일매일 탄식과 함성이 버무려지고 있다.

내기에서 돈을 딴 사람과 잃은 사람, 영지 결정전에서 승리한 쪽과 패배한 쪽의 희비가 교차하는 것이다.

---

6) 칠거지악(七去之惡) : 아내를 내쫓는 이유가 되는 일곱 가지 사항. ① 시부모를 잘 섬기지 못하는 것 ② 아들을 낳지 못하는 것 ③ 부정한 행위 ④ 질투 ⑤ 나병·간질 등의 유전병 ⑥ 말이 많은 것 ⑦ 훔치는 것.

기분이 좋아도 술, 나빠도 술인 게 술꾼들의 습성이다. 따라서 고주망태가 널리는 게 당연한 일이다.

게다가 냄새는 또 어떤가!

시궁창 냄새, 연기 냄새, 음식 썩는 냄새, 대소변 냄새로 뒤죽박죽이다. 게다가 안 씻은 사내의 머리, 사타구니, 겨드랑이, 그리고 발 냄새와 여자들의 청결하지 못한 냄새가 섞여 있을 것이 뻔하다.

이곳 사람들에겐 별게 아니지만 지구인인 현수는 가끔 구역질이 나는 걸 억지로 참는다.

그럴 바엔 귀족가의 연공실에 머무는 것이 낫다 싶어 싸미라의 신세를 지기로 했다. 그리고 그렇게 하는 것이 드마인 백작가에 힘을 실어주는 일이기도 한 때문이다.

이런 마음을 품은 이유는 싸미라의 공손한 태도 때문이다.

귀족가의 여식이건만 시건방지거나 도도한 모습을 보이지 않는 대신 스스로를 낮추는 모습을 보여준다.

지구에서는 이런 모습을 보기 드물다.

어느 싸가지 없는 모녀는 백화점 주차장에서 지하 4층으로 내려가라는 주차 알바생의 안내를 무시했고, 주차 직원들을 무릎 꿇린 뒤 뺨을 때렸다.

여성복 매장을 찾은 어느 돈 많은 목사는 자신이 잘못을 범해놓고도 애꿎은 직원으로 하여금 한 시간 넘게 무릎 꿇려놓기도 했다. 그 결과 그 직원은 10년 넘게 다니던 직장에 사표를 내고 그만뒀다.

돈 좀 있다고 갑질을 한 이런 인간들은 시간 날 때마다 아공간에 담아 징벌도에 데려다 놓을 생각이다.

싸가지 없는 건 이들뿐만이 아니다.

국가의 부름을 받아 성실히 병역의 의무를 수행하고 있는 병사들을 집단 구타하는 사건이 있었다.

군 규정상 군인은 민간인을 위협하거나 때릴 수 없는 것을 악용한 어느 고등학생들이 벌인 일이다.

집단 구타의 결과 심각한 부상을 당한 군인들은 병원에 실려 갔고, 부상이 심상찮다는 보고가 사단장에게 올라갔다.

그런데 가해 학생들의 부모는 군인들이 먼저 시비를 걸었다는 등의 헛된 항의를 했다.

이에 군에서 강경하게 대응하자 말도 안 되는 합의금으로 사건을 마무리 짓자는 반응을 보였다.

게다가 주민 중 일부는 '군바리가 좀 맞았다고 어린애들 인생 망치려고 하느냐?'는 반응을 보였다.

현수는 폭행 행위의 당사자인 고등학생 전원과 그들의 부모, 그리고 일부 몰지각한 주민들까지 처벌할 계획이다.

죽을 때까지 비명이 멈추지 않을 징벌도에 데려다 놓으려는 것이다.

이 밖에 사회에 해를 끼치는 인간들도 마찬가지이다.

돈 좀 있다고, 권력을 가졌다고 죄를 짓고도 솜방망이 처벌을 받은 자들은 모조리 징벌도 행이다.

만취해 아버지 나이의 아파트 경비원을 폭행하여 뇌수술까지 받게 한 놈이 있다.

아파트 입구의 차량차단기를 흔들기에 이를 제지하자 멱살을 잡아 넘어뜨린 후 주먹으로 때리고 발로 찼다. 경비원이 폭행을 피하려 하자 쫓아다니며 폭력을 행사했다.

그 결과 전치 12주의 부상을 당했고 뇌수술까지 받았지만 인지기능 장애 등이 있어 간병인이 필요한 상태가 되었다.

그럼에도 법원에선 고작 징역 2년, 집행유예 3년, 그리고 사회봉사 120시간을 명령했다. 돈 좀 있다고 합의금을 주고 무마한 것으로 사료된다.

이런 놈들은 차라리 법에 따라 엄정히 처벌을 받은 자들이 부럽다는 말을 할 정도로 진한 고통을 받아야 마땅하다.

매일매일 반쯤 죽을 정도로 두들겨 패는 것이 정답이다. 하여 시간 날 때마다 이런 연놈들을 찾아낼 생각이다.

현재는 바쁜 일이 많고 중요한 일도 많아서 놔두고 있을 뿐 언젠가는 반드시 처벌할 생각이다.

이들은 영원히 되돌아올 수 없다. 사회에 전혀 보탬이 안 되는 존재들이기 때문이다. 하여 죽을 때까지 고통에 시달리는 형벌을 받게 할 생각이다.

어쨌거나 싸미라는 눈이 번쩍 뜨일 만큼 미인이고 귀족가
의 여식임에도 보기 드물게 현숙하고 예의 바르다.

게다가 공손하며 겸손하기까지 하다.

이런 여인은 그만한 대접을 받아야 한다. 현수는 이런 이유
로 싸미라를 따라가기로 했다.

그런데 세상 사람들은 다른 의미로 바라보았다. 황태자가
지목해 준 여인을 데리고 그녀의 집으로 간다 함은 혼인을 승
인한다는 뜻인 것이다.

어쨌거나 대결장 밖엔 싸미라가 타고 온 이두마차가 있다.
곁에는 마흔쯤 되어 보이는 마른 사내가 서 있다.

"어서 오십시오, 아가씨!"

"토른, 인사드려요. 제 부군이신 핫산 브리프 백작이세요."

"아! 드마인 백작가의 미천한 종 토른이 감히 아가씨의 부
군을 뵙습니다."

토른은 무릎까지 꿇고 고개를 조아린다. 이게 이곳 예법인
모양이인지라 말리지 않았다.

핫산 브리프라는 이름은 이미 맥마흔 전역을 휩쓸었다. 그
렇기에 조만간 귀족이 될 것이라는 것을 아는 것이다.

"반갑군. 나는 핫산 브리프라 하네. 싸미라와 더불어 드마
인 백작가로 가려는데 준비되어 있나?"

"무, 물론입니다. 언제든 타시기만 하면 곧바로 출발하겠습니다요."

"그런가? 그럼, 싸미라가 먼저 타시지요."

싸미라는 마차에 오르는 대신 현수를 바라본다.

"부군, 저는 이미 부군의 아낙이옵니다. 부군께서 아낙에게 존대하는 것은 예법에 없는 일이옵니다. 하오니 앞으로는 제게 하대하여 주시옵소서."

"…그럽시… 그래, 알았어. 먼저 타."

"네, 부군."

싸미라는 조신한 몸짓으로 마차에 올라탄다. 잠시 후 이두 마차는 일정한 박자를 유지하며 달리기 시작한다.

수많은 사람이 집결해 있는 수도지만 인도와 차도를 구분해 놓은 듯하다. 아르센과는 사뭇 다른 모습이다.

'하긴 마법사의 제국이니…….'

머리 좋은 놈들이 모여서 어떻게 하면 살기 좋을까를 연구했으니 인도와 차도를 구분한 듯싶다.

"좋은 머리로 냄새나 좀 없애지."

현수가 나직이 투덜거리자 맞은편에 앉아 있던 싸미라가 눈을 동그랗게 뜬다.

CHAPTER 05
처갓집에 가다!

전능의 팔찌

THE OMNIPOTENT
BRACELET

"네? 방금 뭐라 말씀하셨는지요?"

"아무것도 아냐. 마차가 좀 튀고, 흔들리는 거 같아서."

"어머! 죄송해요. 좋은 마차는 좀 비싸서……."

뭔가 이상하다. 백작이라면 상당한 재력을 가졌을 것이다. 그런데 비싸다고 한다. 하여 싸미라에게 시선을 주었다.

"가는 동안 드마인 백작가에 대한 이야기를 듣고 싶은데, 해줄 수 있겠어?"

"네, 당연히 말씀드려야지요. 저희 드마인 백작가는……."

마차가 달리는 동안 싸미라의 설명이 이어진다.

드마인 백작가는 제국에서 가장 오래된 가문 중 하나이다. 건국 당시 공을 세워 초대 가주가 백작위를 하사받았다.

이후로 계속해서 후대를 이어 현재에 이르렀다.

현 가주는 초대 가주의 13대손이다. 그리고 3서클 마법사이다. 정상적으로 대를 이어왔기에 거의 초보 마법사 수준임에도 백작위를 유지하고 있는 것이다.

초대 가주 때는 괜찮았는데 차츰 가세가 기울어 현재는 백작과 싸미라, 그리고 남동생 무하드만 남았다. 그리고 마부 겸 하인인 토른과 유모 겸 시녀인 셀마가 있다.

"근데 싸미라는 마법을 안 익혔나?"

"네, 저는 마나친화력이 없어서 못 익혔사옵니다."

"흐음, 그래?"

싸미라는 뭔가 생각났다는 듯 눈빛을 반짝인다.

"부군, 혹시 무하드가 마법을 익힐 수 있도록 도움을 주실수 있는지요?"

"무하드도 마나친화력이 없어?"

"네, 그래서 걱정이에요. 가문의 대를 이을 녀석인데 할 줄아는 게 너무 없어요."

싸미라는 얕은 한숨을 쉰다. 가문의 미래를 생각하면 너무나 막막하기 때문이다.

본인이야 타고난 미모가 있으니 귀족가로 시집을 가면 그만이다. 아마 평생 호의호식하며 살 것이다.

문제는 허약한 부친과 무능력한 동생이다. 쇠락해 가는 가문이라 다른 귀족들과의 교류도 예전 같지 않다.

아버지가 황궁에서 행정 업무를 보고 있으니 녹을 받아 먹고사는 건 어떻게 해결되는데 저축할 수준은 아니다.

동생은 할 줄 아는 게 없어 매일 빈둥거린다.

여유가 있다면 행정학을 가르치는 아카데미라도 보낼 텐데 그러지 못하는 상황이라 야단을 칠 수도 없다.

다가닥다가닥! 다가닥다가닥!

두 마리 말이 달리기 시작한다. 복잡한 도심을 벗어났다는 뜻이다. 그렇게 10여 분을 달렸다.

"워, 워! 그래, 그래! 옳지, 착하다! 워, 워!"

어느 정도 달린 후 익숙한 솜씨로 마차를 세운 토른은 얼른 발판을 챙겨놓는다.

"아가씨, 그리고 백작님, 당도하였습니다요."

"알았어요."

방금 전까지만 해도 약간 침울해 있던 싸미라가 언제 그랬느냐는 듯 씩씩하게 대답한다.

벌컥―!

현수가 먼저 문을 열고 내려섰다. 고풍스런 저택이 눈에 보인다. 글자 그대로 고풍이다.

들은 이야기를 종합해 보면 눈앞의 저택은 지어진 지 330년 가량 된 노후 대형 주택이다.

세월의 무게를 이기지 못해 삭은 부분이 보인다.

"겨울엔 춥겠군."

"어머! 어떻게 딱 보자마자 아셨어요? 겨울엔 진짜 추워요. 너무 추워서 밤에 잘 때도 두꺼운 옷을 입고 자요."

맥마흔 최고의 미녀가 너무도 불쌍하게 살고 있다.

예전엔 남들이 있을 때는 일부러 도도한 모습을 보였다.

이것은 본의가 아니다. 그래야 더 높은 귀족가에서 데려가 려 줄 것이기 때문에 취한 행동이다.

그러다 포기했다. 황태자가 눈독 들인다는 소문이 번진 직후의 일이다.

그런데 자신과 황태자는 맺어질 수 없다. 정비와 차비가 단단히 방비하고 있기 때문이다.

싸미라는 지금 현수를 부군이라 생각하고 있다.

결혼식을 올린 것도 아니고 첫날밤을 치른 것도 아니며 둘 사이에 아이를 출산한 것도 아니다.

그럼에도 이처럼 순종적으로 대하는 것은 황태자의 말이 곧 법이기 때문이다.

어쨌거나 현수는 이제 자신의 부군이다. 따라서 그간 가식 적으로 행동하던 것들을 모두 걷어냈다.

평생 진심으로 대해야 할 존재이기 때문이다. 사랑과 신뢰는 당연하다. 존경하고 흠모까지 해야 한다.

그리고 모든 것은 마음가짐에서 시작된다고 배웠기에 더없이 공손한 모습을 보이는 것이다.

지구의 장가 못 간 총각들이 보면 몹시 부러워할 일이다. 절세미녀가 알아서 받들어주니 어찌 안 그렇겠는가!

게다가 아무런 요구 조건도 없다.

비싼 브랜드 가방을 요구하는 것도 아니고 외제 수입차를 타고 싶다고 하지도 않는다.

호화스런 레스토랑에서의 식사를 원하는 것도 아니고 번쩍이는 보석 반지를 받고 싶다며 칭얼거리지도 않는다.

그저 옆에 있어주는 것만으로도 감지덕지라 생각한다. 그러니 노총각들이 부러워할 만한 상황이다.

그럼에도 현수는 모른다.

그저 하룻밤 유숙할 집에 온 것이라 생각하기 때문이다. 대가는 적당히 치르면 된다. 하여 이것저것 살피는 중이다.

"저 마차는 자주 이용해?"

"네, 저거 하나밖에 없어서 외출할 땐 꼭 쓰지요."

"그래? 그렇군."

보통 여자 같으면 요 대목에서 '왜요?' 라고 물었을 것이다. 그런데 싸미라는 그러지 않는다.

"저를 따라오시지요. 아버지께서 기다리실 겁니다."

"그러지."

싸미라의 뒤를 따르는 동안 현수는 하룻밤 숙박의 대가로 무엇을 주면 좋을지를 생각해 보았다.

정말 가세가 많이 기운 듯하다. 누군가 잘 관리하여 정갈하기는 하지만 낡았음이 한눈에 들어온다.

'흐음! 돈을 준다면 얼마를 주지? 참, 황태자가 10만 골드를 지참금으로 하사한다고 했으니 돈은 괜찮겠군.'

한화로 1,000억 원을 받을 예정이다. 그 정도면 이 집을 다 부수고 새로 지어도 될 거금이다.

그리고 아껴 쓰기만 하면 적어도 몇 대는 귀족의 품위를 유지할 수 있는 종자돈이 될 것이다.

"흐음, 돈은 되었고, 그럼 무엇을 주지?"

두리번거리는 동안 고풍스런 문 앞에 당도했다.

똑, 똑, 똑—!

"아버지, 저 싸미라예요."

"오, 그래! 어서 들어오너라!"

삐이꺽—!

이 동네는 모든 경첩이 다 녹슨 모양이다. 마찰음이 귀에 거슬린다.

'재봉틀 기름이나 줄까?'

집에서도 쓰고 내다 팔면 돈이 될 것이다. 이곳엔 윤활유라는 개념이 없으니 취급만 하면 잘 팔릴 것이다.

'근데 양이 얼마 없잖아. 쩝! 안 되겠네.'

마트에서 재봉틀을 팔지 않으니 당연히 기름 또한 조금밖에 없다.

마트에서 바지 기장 등을 조절해 주는 곳에서 쓰던 것과 라면 공장에서 생산 라인 관리에 쓰려던 것뿐이다.

"아버지, 핫산 브리프 백작 예정자님과 함께 왔어요."

"누구? 요즘 인구에 회자되는 그 기적의 사나이?"

현수의 이름을 단번에 알아차리는 걸 보면 소문이 나기는 확실히 난 모양이다.

"네, 황태자 전하께서 제게 혼인을 권하셨어요."

"황태자님께서 뭐를 권해?"

"저와 핫산 브리프 백작 예정자님과의 혼례요. 정복자의 거리에 있는 저택 한 채와 10만 골드를 지참금으로 하사해 주신다고 하셨어요."

"뭐? 정말?"

드마인 백작은 자리에 앉아 옛 서류들을 검토하고 있었다.

예전에 누군가에게 돈을 빌려줬는데 그걸 받았는지 기억나지 않아 차용증을 찾던 중이다.

그게 있다면 몇 푼이라도 회수하여 살림에 보탤 수 있기에 아침부터 지금까지 먼지 풀풀 날리는 서류들과 씨름했다.

물론 아직 찾지 못한 상태이다. 찾아도 소용없다. 이미 상환된 것이기 때문이다. 예전에 돈을 받았는데 주머니 속에서 푼돈처럼 녹아나가 기억을 못하는 것이다.

어쨌거나 차용증을 찾는 동안 빌려준 돈의 액수가 기억났다. 10골드이다. 한화로 약 1,000만 원이다.

그런데 누구에게 빌려줬는지는 영 생각나지 않아 고심하던 중이다.

자신은 10골드 때문에 하루 종일 서류와 씨름했는데 외출했다 돌아온 딸은 결혼을 하게 되었으며, 10만 골드를 하사받을 예정이라고 한다.

당연히 대경실색할 일이다.

하여 눈을 크게 뜨고 그 말이 사실이냐는 표정으로 딸을 바라본다. 이때 현수가 들어섰다.

"안녕하십니까, 드마인 백작님? 핫산 브리프라 합니다."

들어서면서 살펴보니 싸미라의 부친 드마인 백작은 40대 초반이다. 약간 말랐는데 신경질적으로 보이진 않는다.

흑마법을 3서클이 되도록 익혔다고 하는데 서클 수가 낮아서 그런지 사악한 느낌은 전혀 들지 않는다.

"아, 네. 어, 어서 오십시오."

핫산 브리프는 황태자가 깊은 관심을 보이는 존재이다. 방금 들은 딸의 말에 의하면 백작 예정자이다.

그렇다면 오늘의 대결에서도 승리했음을 의미한다.

아무런 실권도 없이 귀족 명부에 이름만 올라가 있는 자신과 비교했을 때 반딧불과 태양 정도의 차이이다.

6대 조상이 노름빚에 몰리지만 않았다면 파라과이와 짐바브웨의 중간 정도 되는 크기의 영지에서 나오는 소출만으로도 충분히 떵떵거리며 살고 있었을 것이다.

그때 빚쟁이들의 협박을 못 이겨 영지를 넘긴 것은 가문의 수치가 되었다.

당시의 가주는 아들에게 작위를 물려주고 스스로 목숨을 끊어 조상들에게 죄를 빌었다. 그리고 그날 이후 드마인 백작가의 사람들은 노름하는 자와는 상종도 하지 않았다.

어쨌거나 드마인 백작은 어정쩡한 자세로 일어나 현수를 맞이했다.

"아버지, 내일 후작위 1차 대결이 있어요. 그래서 연공실이 필요해요."

"네? 후작위에도 도전하십니까? 7서클이라 들었는데 후작위 하면 거의 다 9서클 마법사님들이……."

"오늘 대결하신 분은 가엘라 키피터 자작님이셨어요."

"뭐? 가엘라 키피터 자작? 거의 8서클 마스터급인데?"

"네, 그럼에도 우리 핫산 브리프 님에게 지셨어요."

"허어! 어떻게 그런 일이? 정녕 서클의 벽을 넘었다는 말이냐?"

드마인 백작은 대경실색할 일이라는 표정이다. 이에 싸미라는 자랑스럽다는 듯 크게 고개를 끄덕인다.

"네, 핫산 브리프 님은 3서클도 안 되는 마법만으로 가엘라 키피터 자작님의 목숨을 취하셨지요."

"죽었어? 가엘라 키피터 자작이? 정말?"

심히 놀랍다는 표정을 감추지 못한다. 8서클 마스터가 천수를 누리지 못하는 경우는 거의 없기 때문이다.

"네, 대결에서 패하면서 돌아가셨어요."

"허어!"

드마인 백작은 입을 딱 벌린다. 할 말 없음이다.

"아무튼 내일 대결을 위해 연공실이 필요하시대요. 아버지의 연공실을 써도 되죠?"

"그럼, 그럼! 얼마든지 쓰셔도 된다. 어, 어서 안내해 드리거라."

드마인 백작은 크게 고개를 끄덕여 강한 찬성의 뜻을 표한다. 이때 싸미라가 다시 입을 연다.

"아버지, 핫산 브리프 님은 이제 아버지의 사위가 될 사람이에요. 어쩌면 후작님이나 공작님이 되실지 모르지만 그래도 사위인데… 존대는 좀 그래요."

"그, 그러하냐? 아, 알았다. 하여간 어서 연공실로……. 내일의 대결이 훨씬 중요하니 어서……."

드마인 백작은 존대를 하기에도 그렇고 하대를 하자니 껄끄럽기에 말끝을 제대로 맺지 못하고 있다.

"네, 아무튼 연공실로 모실게요."

"시, 식사는?"

"제가 알아서 챙겨드릴 거예요, 아버지."

핫산 브리프는 이제 평생을 모시고 살 부군이다.

아내로서 당연히 극진히 대접해야 하기에 싸미라는 기꺼운 마음으로 미소 짓고 있다. 마음을 기댈 수 있는 든든한 부군이 생긴 게 너무도 즐거운 때문이다.

잠시 후, 현수는 드마인 백작의 연공실로 들어섰다. 오랫동안 사용하지 않은 흔적이 역력하다.

뭔가가 썩는 냄새도 난다. 보아하니 환기구가 없다.

"클린! 클린! 에어 퓨리파잉!"

두어 번의 마법만으로도 금방 정갈해지고 탁한 공기도 정화된다.

"죄송해요. 이렇게 오실 줄 몰라서……. 계시는 동안엔 매일매일 청소하도록 할게요."

"……!"

현수는 뭐라 이야기해야 할지 난감하다.

자신은 이곳에 하룻밤만 머물 생각으로 왔다.

황태자가 혼인을 하라고 했지만 그럴 생각은 전혀 없다. 오로지 다프네를 구해서 이곳을 떠날 생각뿐이다.

그런데 싸미라는 자신을 정말 부군으로 대접하고 있다.

다프네와 비견될 정도로 몹시 아름다운 여인인 것만은 분명하다. 몰락했지만 백작가의 영애이고 매우 순수하고 선량한 듯 여겨진다.

이런 여인이 진심을 다해 수발을 들겠다는 표정으로 졸졸 따라다니니 마음이 불편하다.

"대결을 위해 마법 수련에 몰두하면 내일 오전까지 안 나올 확률이 매우 높아. 그러니 저녁 식사나 내일 아침 식사는 걱정하지 마."

"네? 어떻게 두 끼나 굶어요?"

건강상 말도 안 된다는 표정이다.

"내일 대결이 얼마나 중요한지 알지? 두 끼쯤 굶는 건 아무런 문제도 되지 않아. 그러니 이 문이 닫히면 내일 아침까지 아무도 오지 않도록 해주는 게 날 돕는 거야."

"…그래도……. 그럼 잠시만 기다리세요. 출출할 때 요기하실 약간의 음식과 물이라도 가져다 놓을게요."

싸미라는 남편의 건강이 무엇보다도 중요하다 여기기에 대답을 기다리지 않고 후다닥 달려간다.

"흐으음!"

현수는 마음이 불편하다. 하지만 어쩌겠는가!

이곳은 싸미라의 집이다. 그리고 지금은 이런저런 일로 다투고 있을 시간이 없다.

내일 대결 또한 7서클 이내의 마법만으로 9서클 마법사를 꺾어야 하기 때문이다.

싸미라가 오기 전에는 결계를 치고 들어갈 수가 없어 연공실을 살펴보았다.

7서클 마법서까지 서가에 꽂혀 있는데 얼마나 오랫동안 꺼내 보지 않았는지 먼지가 수북하다.

"클린!"

먼지를 청소하고 한 권을 뽑아서 살펴보았다.

황태자의 서고에 있던 것과 별반 다름없는데 룬어의 배열이 조금 더 복잡하다. 내친김에 다른 것들도 꺼내 보았다. 그것 역시 복잡하다. 덜 정제된 느낌이 강하다.

'이건 천재들이나 익히겠군.'

드마인 백작가가 쇠락한 이유는 마법서가 너무 난해한 때문이다. 자세히 설명해야 할 부분은 훌쩍 뛰어넘었고, 술술 넘어가도 될 부분은 필요 이상으로 자세히 서술되어 있다.

이 정도면 뛰어난 두뇌의 소유자라 하더라도 쉽게 서클 수를 늘릴 수 없을 것이다.

'그렇다고 흑마법서들을 줄 수는 없지.'

흑마법을 없애야 하는 입장인지라 마법서들을 도로 꽂아 놓았다. 그러다 문득 생각난 것이 있어 1~3서클 마법서들을 살펴보았다.

예상대로 저서클 마법은 백마법과 별 차이가 없다. 어떤 건 이실리프 마법서의 것과 유사했다.

"흐음! 이렇단 말이지."

황태자의 서고에서 본 마법서들도 이러했다. 3서클 이내의 마법들은 백마법과 크게 궤를 달리하지 않는다. 어떤 건 흑마법이라 할 수 없을 정도로 광명정대하기도 하다.

고개를 끄덕인 현수는 연공실 바닥에 고효율 마나집적진을 그렸다. 당연히 마무리는 인비저빌러티이다.

중력조절진도 곁들어 4G가 되도록 했다.

안에서 수련을 하다 바깥으로 나가면 육중한 갑옷을 입고 있다 벗은 것처럼 몸이 가뿐해질 것이다.

벽에는 실내 기온을 25℃를 유지케 하는 항온마법진을 부착시켰다. 아울러 디휴미디피케이션(Dehumidification) 제습 마법진도 그려 넣었다. 지하라 습기가 많이 찬 때문이다.

"흐음! 이 정도면……. 환기구가 없는 게 아쉽네."

사방이 꽉 막혀 있어 조용하기는 하지만 연공실 문을 열어 놓지 않으면 공기순환이 어려운 구조이다.

"뭐, 뭐든지 일장일단이 있으니까."

일련의 작업을 마쳤을 때 싸미라가 들어온다. 하녀 셀마와 함께이다. 50살은 되었을 다소 통통한 여인이다.

"백작님을 뵈옵니다."

"……!"

현수는 가볍게 고개만 까딱거렸다.

차원이동을 할 때마다 느끼는 불편 중 하나는 자신보다 나이가 많은 사람에게 하대를 해야 하는 것이다.

지구인의 관점에서 보면 싸가지 없는 모습이다. 그런데 이곳은 철저한 신분 사회이다. 그렇기에 나이가 아무리 많아도 귀족과 평민, 그리고 노예의 차이가 분명했다.

본인은 이실리프 왕국의 국왕이며 이실리프 마탑주이기도 하다. 거의 모든 사람에게 하대해도 되는 위치에 있으니 웬만하면 반말을 해야 하는데 내키지 않는다.

그렇기에 셀마의 인사를 대꾸 없이 받은 것이다.

"이건 출출할 때 드셔요. 여기에 놓고 나갈게요."

싸미라는 셀마가 들고 온 소반을 연공실 한편에 얌전히 내려놓는다. 작은 항아리가 보이는데 물을 담아온 듯하다.

"싸미라, 내일 오전까지는 어느 누구의 방해도 받고 싶지 않다고 말했지?"

"네, 책임지고 개미 한 마리도 오지 못하도록 할게요. 마음

편히 머무셔요. 셀마, 이만 가요."

"네, 아가씨. 백작님, 이만 물러가옵니다."

셀마는 공손히 허리를 숙이고 뒷걸음질로 물러선다. 싸미라 역시 고개를 숙여 예를 갖추고는 바깥으로 나간다.

"셀마에게 존댓말을 쓰네."

문이 닫히자 현수가 중얼거린 말이다. 귀족이 하녀에게 말을 높이는 경우는 거의 없기에 다소 신선했다.

사실 셀마는 싸미라에게 엄마 같은 존재이다.

어려서 모친을 잃은 싸미라를 기르다시피 했다. 그렇기에 존중의 의미로 존댓말을 썼는데 그게 습관이 된 것이다.

"싸미라는 괜찮은 여인이군."

고개를 끄덕인 현수는 이내 앱솔루트 배리어를 쳤다. 그리곤 안에 들어가 타임딜레이 마법을 구현시켰다.

다시 180일간의 고련이 시작된 것이다.

"흐음! 누가 봐도 7서클 이내인 마법만으로 9서클을 이겨야 하는 상황이군. 재미있겠어."

10서클이니 9서클 마스터와의 대결이 겁나지 않는다.

여차하면 같은 9서클 마법으로 조져 버리면 그만이기 때문이다.

"아무튼 한번 찾아보지."

아공간 속의 현수는 편안한 얼굴로 이실리프 마법서를 뒤적였다. 힌트를 찾는 것이 어려울 뿐이다.

실마리를 찾으면 풀어내는 건 그리 오랜 시간이 걸리지 않는다. 마법을 창안하는 것이 아니라 기존의 마법을 어떻게 조합하느냐의 문제이기 때문이다.

그렇게 시간이 흘렀다.

*　　　*　　　*

"와아아아아아! 와아아아아아!"

관중석의 함성이 대기석까지 뒤흔든다. 잠시 후에 벌어질 대결에 세인들의 이목이 집중되어 있다는 반증이다.

황태자의 눈에 보이지 않는 영향력 덕분에 현수는 후작 선발 1차 대결 최종 경기에 참가한다. 조금이라도 더 시간을 줄 테니 마법을 연마하고 나오라는 배려이다.

"자네가 상대할 자는 무스타 하로겐 백작일세. 9서클 유저이지. 현혹 계열 마법의 대가이네. 적에게 환상을 보여주고 목을 취하네."

"……!"

현수의 곁에선 힐만 공작이 연신 입을 놀리고 있다.

힐만 공작은 황태자로부터 명을 받아 현수에게 고급 정보를 제공하고 있는 것이지만 현수의 입장에선 왠지 아랫사람으로부터 보고받는 기분이다.

"저 친구의 마법은 아주 자연스러우면서 지독하네. 자네가 대결장 한복판에 있다는 것을 아주 잠시라도 잊으면 끝장이네. 그러니 정신 바짝 차려야 할 것이야."

"알겠습니다."

"그나저나 기대해도 되겠는가?"

황태자는 핫산 브리프가 이기길 바란다. 그래야 제국의 마법사들에게 신선한 충격을 줄 것이기 때문이다.

나태하던 마법사들이 정신을 차리면 제국은 일신 우일신 하게 된다. 본인이 치세할 세상이 보다 좋아지는 것이다.

그런데 핫산이 7서클이라는 것이 마음에 걸린다.

오늘 상대할 무스타 하로겐 백작은 9서클 유저이지만 거의 마스터급이다. 다른 마법도 시전할 줄 알지만 현혹계열 마법에 특화되어 남다르기 때문이다.

이래서 뭐든 한 우물을 파라는 말이 있는 것이다.

어쨌거나 황태자는 현수가 이기길 바란다.

요 대목에서 맥없이 져버리면 활활 타오르던 불에 냉수를 끼얹은 것이나 다름없다. 이것이 심히 걱정되기에 힐만 공작으로 하여금 어떤지를 확인하라는 지시를 내린 것이다.

"자, 다음은 오늘의 최종 대결입니다. 파란의 연속인 핫산 브리프 백작 예정자님과 무스타 하로겐 백작님 간의 대결입니다. 여러분, 흥미롭지요?"

"네!"

관중들이 일제히 대답하자 진행자는 관중들의 시선을 끈 것이 흡족하다는 표정으로 말을 잇는다.

"오늘의 대결! 세간의 이목이 초집중된 이 대결의 승자는 과연 누구일까요?"

진행자는 다시 한 번 관중들을 휘둘러보곤 서쪽 통로를 손으로 가리킨다.

"자, 이제 곧 저곳에서 9서클 마스터급이라는 평을 받는 무스타 하로센 백작님께서 등장하실 겁니다."

잠시 말을 끊고는 반대편 통로를 가리킨다.

"저곳에선 7서클 유저이지만 8서클 마스터급을 패퇴시키고 당당하게 후작위에 도전하는 핫산 브리프 백작님이 나올 예정입니다."

진행자는 모든 이목이 자신에게 쏠리자 우쭐한 기분이 든다. 하여 저도 모르게 귀빈석을 바라본다.

"이 대목에서 이번 대결의 진행자인 제가 위대하신 황태자님께 한 말씀 여쭙겠습니다."

'으잉? 나?'

황태자는 이런 표정으로 진행자를 바라본다. 시선을 받은 진행자는 주제 넘는 질문을 했다.

"에… 황태자님께서는 오늘의 대결에서 누가 이길 거라 예상하십니까? 심히 궁금합니다."

"……!"

황태자는 잠시 아무런 말도 하지 않는다. 대신 곁으로 온 힐만 공작에게 시선을 준다.

"힐만 공작, 저놈 어디 소속인지 알아봐서 오늘 대결이 끝나는 즉시 대륙 끝으로 보내 버려."

"…네, 전하."

힐만 공작은 찍소리 않고 고개를 끄덕인다.

황태자가 핫산 브리프를 눈여겨보고 있다는 건 공공연한 사실이다. 그리고 9서클 마스터급 대마법사 무스타 하로겐 백작은 변경백이다.

둘 중 누가 이기겠느냐는 물음은 우문이다.

그리고 감히 하늘같은 황태자에게 대답하기 곤란한 질문을 한 괘씸죄의 대가는 귀양살이다. 그렇기에 즉시 치부책을 꺼내 '진행자 귀양'이라고 기록한다.

그러는 동안 황태자는 본래의 신색으로 관중석을 일람하고는 진행자를 바라본다.

"방금 누가 이길 것이냐고 물었느냐?"

"그, 그러하옵니다, 전하."

물어놓고 생각해 보니 이건 반쯤 죽을죄다. 하여 벌벌 떨며 고개를 조아린다. 내뱉은 말을 부인할 수 없어서이다.

"더 강한 자가 이긴다. 이게 내 대답이다."

"와아아아! 와아아아! 핫산! 핫산! 핫산!"

관중들이 또다시 고함을 지른다. 9서클 마스터급 대마법사를 꺾어 강함을 증명하라는 의도이다.

"자, 그럼 이제 본격적인 대결을 시작하기 위해 두 분을 이 자리로 모시겠습니다."

둘 다 백작급 이상인지라 진행자는 극존칭을 쓴다.

"먼저 핫산 브리프 백작님 나오십시오. 그리고 무스타 하로겐 백작님도 나와주십시오."

둥둥둥둥! 두둥, 두둥! 두두둥! 두두두둥! 둥둥!

큰 북이 울리며 분위기를 한껏 고조시킨다.

이때 현수와 무스타 하로겐 백작이 대결장에 나타났다.

"와아아아아! 핫산! 핫산! 핫산!"

"무스타! 무스타! 무스타! 와아아아아아아!"

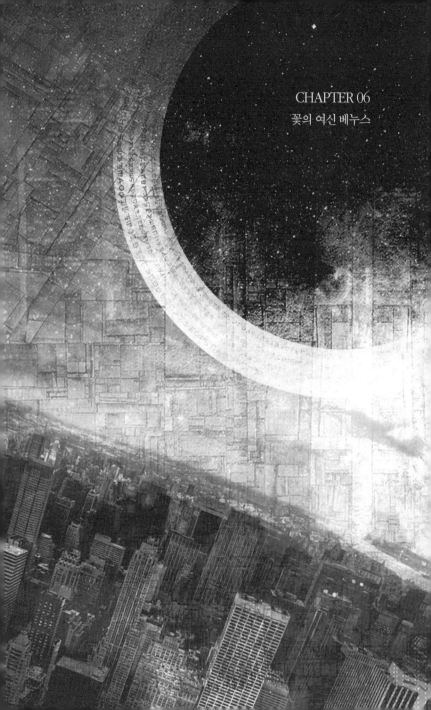

CHAPTER 06
꽃의 여신 베누스

마치 중립국에서 치러지는 한일전에서 한국과 일본의 축
구 팬들이 고함을 지르는 듯 서로 다른 이름을 연호하며 환호
성을 지른다.

이러는 사이에 둘은 대결장에 발을 들여놓았다. 진행자는
절차에 따라 주의 사항을 일러주곤 즉시 물러난다.

현수와 무스타 하로겐 백작은 상대를 빤히 바라본다. 그러
는 사이에 엄청난 액수의 돈이 걸리기 시작한다.

가엘라 키피터 자작과 핫산 브리프의 대결 때엔 2,300만 골
드의 내기 돈이 걸렸다. 역대 최고 금액이다.

그런데 지금 그 기록이 깨지고 있다.

관중석 한복판에서 집계하고 있는 사내가 커다란 흑판 같은 것에 석필로 내기에 걸린 금액을 기록하고 있다.

핫산 브리프 백작이 승리할 것이라는 데 걸린 금액은 약 80만 골드이다.

무스타 하로겐 백작 쪽엔 2,560만 골드가 걸렸다.

1 대 32로 원—사이드한 비율이다.

핫산 브리프가 비록 승승장구했지만 압도적으로 무스타 하로겐 백작이 유리하다는 뜻이다.

슬쩍 이를 바라본 백작의 입가에 조소가 어린다. 그리곤 관중석을 쭉 한번 둘러본다.

'짜식들, 내가 강한 건 아는구먼' 하는 표정이다.

반면 현수는 무표정이다. 누가 보면 잔뜩 긴장한 것을 억지로 감추려는 표정일 것이다.

"자, 집계가 모두 끝났습니다. 이제 곧 대결이 시작될 것이니 관중께서는 모두 착석해 주십시오."

진행자의 말에 따라 모두가 자리에 앉는다.

지금껏 내기 돈을 거느라 소란스럽던 분위기는 이내 고요함으로 바뀐다.

"두 분, 이제 곧 시작합니다."

진행자는 현수와 무스타 하로겐 백작에게 일일이 시선을

주어 주위를 환기시킨다. 그리곤 곧이어 깃발 든 사내를 보고 고개를 끄덕인다.

휘리리리릭—!

검은 깃발이 휘둘러지자 고요하던 관중석이 시끄러워진다.

"와아아아아아아아! 와아아아아아아아!"

하지만 현수와 무스타 하로겐 백작은 미동도 않은 채 서로를 바라보고 있다. 일종의 탐색이다.

'흥! 하찮은 7서클짜리가 감히……. 오늘 세상이 얼마나 무서운지 보여주지.'

이런 마음을 품은 무스타 하로겐 백작은 싸늘한 시선으로 현수를 바라보며 입술을 달싹인다.

다음 순간, 현수는 네 명의 무스타 하로겐에게 둘러싸인 듯한 느낌을 받았다. 화들짝 놀라며 사방을 둘러보니 모두 싸늘한 조소를 베어 문 채 입술을 달싹이고 있다.

"으윽!"

현수가 당황한 듯 두리번거린다. 이 순간이다.

"매스 프로미넌스 블레이드!"

사방 허공에 시뻘건 화염으로 이루어진 칼날이 생성된다. 그리곤 곧장 현수를 향해 쏘아져 간다.

전후좌우는 물론이고 상하까지 완벽하게 차단되었다.

닿기만 하면 무쇠라도 한 줌 쇳물로 녹을 정도로 어마어마한 열기를 내포한 것이다.

당황한 현수가 배리어로 전신을 감싸려 할 때다.

갑작스레 프로미넌스 블레이드가 분열을 시작한다. 하나의 칼날이 여섯 개로 분리된 채 사방을 에워싼 것이다.

처음에 생성된 블레이드의 숫자는 한 방위당 9개씩 36개였다. 그런데 이게 216개로 불어남과 동시에 빠른 속도로 현수를 덮치려는 것이다.

이 순간 관중석에서 비명이 터져 나온다.

"아아! 아아아! 끝이야!"

"으아! 안 돼! 저건 배리어로는 못 막는 거야!"

"맞아! 프로미넌스 블레이드는 9서클 궁극 마법이야! 블레이드 하나하나가 소드 마스터의 오러가 실린 검이나 마찬가지라고!"

"배리어가 아니라 앱솔루트 배리어여야 간신히 막는데."

"크윽! 끝인가? 핫산 브리프 백작에게 100골드나 걸었는데. 으으! 어제에 이어 또 날리는 거야?"

"지금 돈이 문제야? 우리의 호프 핫산 브리프 백작이 죽게 생겼는데?"

"그러게. 우리의 희망이었는데. 아아, 역시 9서클은 넘을 수 없는 벽인가?"

관중 모두가 일어서서 대결장을 주시한다. 황태자와 힐만 공작도 마찬가지이다.

특별 초청된 싸미라의 봉목은 더없이 크게 떠져 있다. 첫날 밤도 치르지 못했건만 과부가 될 상황이다.

"아악! 안 돼요!"

싸미라의 날카로운 비명이 입술을 비집고 나올 때 무스타 하로겐 백작의 입술이 다시 한 번 달싹인다.

"퓨리 오브 더 헤븐(Fury of the heaven)!"

번쩍, 번쩍, 번쩍!

콰앙! 콰아아앙! 콰르르르릉—!

현수가 서 있던 곳으로 엄청난 양의 벼락이 퍼부어진다.

가히 빛의 향연이 벌어지고 있다고 생각해도 좋을 정도로 수없이 많은 불빛이 명멸한다.

먼저 쇄도한 화염의 칼날들은 명멸하는 불빛 때문에 보이지도 않는다. 이쯤 되면 완벽한 말살이 일어난다.

화염의 칼날에 현수의 전신은 잘 익은 고깃덩어리가 되어 사방에 널린다. 이것의 위로 엄청난 양의 벼락이 떨어졌으니 다음은 완전하게 불타 버린 재가 된다.

"아아아!"

"안 돼!"

"으허어! 강해! 너무 강해!"

"역시 9서클인가? 엄청나군!"

모두의 입에서 비명이 터져 나온다.

돈은 절대 강자인 무스타 하로겐 백작에게 걸었지만 내심으론 핫산을 응원한 것이다.

자리에서 벌떡 일어선 황태자가 털썩 주저앉는다.

그토록 주의를 주었건만 시작하자마자 고스란히 당했다 생각한 것이다.

황태자는 9서클 마스터이기에 본질을 꿰뚫고 있다.

무스타 하로겐 백작의 신형은 처음부터 하나였다. 사람의 신체가 어찌 넷으로 늘어나겠는가!

당연히 나머지 셋은 환상이다.

프로미넌스 블레이드 역시 하나뿐이다. 그것이 216개로 보였지만 215개는 허상이다.

마지막으로 퓨리 오브 더 헤븐으로 만들어진 벼락의 숫자는 대략 100개이다. 그럼에도 관중들의 눈에는 거의 10만 개로 보였을 것이다.

앱솔루트 배리어 마법만 잘 활용했다면 모두 막을 수 있었다. 그런데 무스타 하로겐 백작의 신형이 늘어나자 당황한 것이 패착이다. 그 결과는 이제 곧 드러날 것이다.

무스타 하로겐 백작의 맞은편엔 한 줌 재가 흩어져 있을 확률이 대단히 높다.

이때였다. 관중석의 누군가가 고함을 지른다.

"아앗! 저, 저길 봐!"

쿠웅─!

사내의 말이 끝나기도 전에 무스타 하로겐 백작의 동체가 그대로 엎어졌다. 그리곤 미동도 없다.

"뭐야? 대체 뭐가 어떻게 된 거야?"

모두가 어리둥절한 표정을 지을 때 방금 쓰러진 무스타 하로겐 백작이 있던 자리에 영상 하나가 드러난다.

"아앗! 핫산 브리프 백작님이시다!"

"어! 정말?"

"뭐야? 뭐가 어떻게 된 거야?"

"세상에! 그럼 또 이긴 거야?"

"우와아! 만세! 만세! 만세! 만세! 으하하하! 320골드 벌었다! 핫산 브리프 백작님 만세! 만세! 만세!"

아까 10골드를 잃게 생겼다며 울상을 짓던 사내의 입에서 환호성이 터져 나온다.

"뭐지? 이봐, 공작! 뭐가 어떻게 된 건가?"

"글쎄요. 저도 잘……. 잠시만 기다리십시오."

힐만 공작은 얼른 대결장으로 내려간다. 그리곤 쓰러진 무스타 하로겐 공작의 심장박동과 호흡을 확인한다.

"……!"

힐만 공작이 황태자를 바라보며 손으로 목을 긋는 시늉을 하곤 고개를 젓는다. 이 순간이다.

"와아아아! 와아아아! 핫산! 핫산! 핫산! 핫산!"

관중석에서 엄청난 환호성이 터져 나온다.

황태자는 어이없다는 표정으로 내려다보고 있고, 곁에 있던 싸미라는 굵은 눈물을 흘리고 있다.

"핫산! 핫산! 핫산! 핫산! 우와아아아아!"

어느 때보다도 큰 함성이다. 하긴 죽었을 것이라 생각했는데 기적적으로 승리를 취했으니 어찌 안 그렇겠는가!

1982년, 제27회 세계야구선수권대회 결승전이 서울에서 열렸다. 운명의 숙적 한국 VS 일본의 경기였다.

그런데 한국은 8회 초까지 0 대 2의 퍼펙트게임으로 끌려갔다. 참으로 수치스런 스코어였다.

운명의 8회 말이 되자 심기일전한 한국 야구대표팀은 필승의 의지를 다지며 타석에 들어섰다.

먼저 심재원이 안타로 출루한 후 김정수가 중견수의 키를 넘는 2루타를 쳤다. 1점차 추격을 시작한 것이다.

2 대 1 상황이 되자 감독은 희생번트를 지시하여 무사 3루로 스코어링 포지션에 주자를 보냈다.

그리고 다음 타석에 들어선 김재박은 어이없는 볼이 들어오지만 유명한 개구리 번트를 했다. 하여 3루 주자가 홈에 들어와 동점이 되었고, 김재박은 1루로 출루했다.

나중에 알려진 사실이지만 김재박의 이 번트는 감독의 사인을 잘못 읽은 결과라 했다.

아무튼 다음 타석에 들어선 이해창은 중전 안타를 쳤다.

이제 1, 3루 상황이 된 것이다. 그리고 다음 타석에 들어선 한 대화는 역전 3점 홈런을 때려 버렸다.

당시 이 경기를 관람하던 시청자들은 일제히 환호성을 터뜨렸다.

홍수환이 적지에서 4전 5기 끝에 카라스키야를 K.O로 이기고 챔피언 벨트를 따냈을 때, 2002년 월드컵 대 이탈리아 전에서 안정환이 골든골을 터뜨렸을 때와 같은 엄청난 환호성이었다.

지금 그런 환호성이 맥마흔의 영주 선발대회 대결장에서 터져 나오고 있다. 관중들은 자기가 대결에서 이긴 듯 서로를 안고 발을 동동 구른다.

목숨을 잃은 무스타 하로겐 백작이 들것에 실려 나가지만 아무도 시선을 주지 않는다.

"뭐지?"

황태자는 현수의 승리가 이해되지 않았다. 어떻게 된 것인지 알지 못하기 때문이다.

사실은 이러하다.

대결이 시작되려 할 때 아주 짧은 순간 무스타 하로겐 백작의 시선이 관중석의 내기 돈 보드에 머물렀다.

핫산에겐 800만, 자신에겐 2억 5,600만 골드가 걸려 배당률이 1 대 32라는 걸 확인한 순간이다.

이때부터 현수의 마법은 시작되었다. 가장 먼저 미리 준비했던 마법진을 내려놓았다. 어느 누구도 눈치채지 못한 일이다. 바짓가랑이 속에 감춰둔 것이기 때문이다.

마법진의 마법이 구현되던 순간 현수는 퍼펙트 트랜스페어런시 마법으로 사라졌다.

무스타 하로겐 백작이 다시 시선을 주었을 때 그곳엔 현혹 마법진이 만들어진 허상만이 있었다.

곧이어 깃발이 내려졌고, 무스타 하로겐 백작의 무자비한 공격이 시작되었다. 승리를 확신한 무스타 하로겐 백작은 아주 잠시 방심했다.

이때 귓전에 들리는 소리가 있었다.

"렁스 버스터!"

퍼엉! 퍼억─!

"크헉! 끄으윽!"

이때 무스타 하로겐 백작의 눈에 수없이 명멸하는 번개 속에 있던 핫산의 신형이 스르르 사라지는 게 보였다.

그런데 호흡이 불가능하다. 3서클 에어로 밤 마법을 이용하여 두 개의 허파 모두를 터뜨려 버린 때문이다.

호흡을 못한다 하여 즉사하는 것은 아니다.

그럼에도 스르르 쓰러져 버린 것은 체내에서 폭발한 허파가 다른 장기에 심각한 손상을 입혔기 때문이다.

펄떡이던 심장이 멈춘 것이다.

"와아아아! 와아아아아아!"

관중석의 환호성을 멈출 줄을 모른다. 이 대결에서 2억 5,600만 골드가 날아갔다.

1 대 32의 배당률이니 아마 관중의 97% 정도가 많은 돈을 잃었을 것이다. 그럼에도 이렇게 환호를 보내는 이유는 7서클 유저가 9서클 마스터급을 꺾었다는 것 때문이다.

약자에게 보다 많은 시선이 가는 것은 지구나 이곳이나 다를 바 없는 정서인 듯하다.

"힐만 공작, 왜 그러나? 돈을 잃었어?"

"…네, 30만 골드를 날렸습니다."

힐만 공작은 마음에 안 든다는 표정이다.

"하긴 그게 보편적인 시각이지. 7서클이 어떻게 9서클 마스터급과의 대결에서 이긴다고 생각하겠나."

"그렇기는 합니다. 그래서 돈은 날렸지만 많이 불쾌하진 않습니다."

힐만 공작은 현수를 바라보며 고개를 끄덕인다. 과연 황태자의 관심을 받을 만한 사내이다.

현수는 대결장 한복판에 서서 손을 들어 환호성에 화답하고 있다. 이를 다른 분위기로 바라보는 시선이 있다.

다른 자들과의 대결에서 승리한 아홉 사람이다. 8서클 마스터도 있고 9서클 유저도 있다.

9서클 마스터도 둘이나 있다. 서클 수를 늘린 지 얼마 되지 않아 공작위 도전을 포기한 사람들이다.

이들 모두 내일 핫산과 만나지 않기를 바라고 있다. 가장 서클 수가 낮은 자를 모두가 꺼리는 것이다.

황태자가 관심을 가지고 있기에 이겨도 찜찜하다. 물론 패할 수도 있다.

무스타 하로겐 백작 같은 강자가 맥없이 목숨을 잃었다. 내일 본인이 그렇게 되지 말라는 법이 없다.

"끄응! 9서클임에도 7서클을 두려워해야 하다니."

"그러게. 너무 불공평합니다. 저런 7서클이 어떻게 있을 수 있지요?"

"제 말이…… 어떻게 무스타 하로겐 백작의 뒤로 간 건지 모르겠습니다. 누가 설명해 주시겠습니까?"

"끄응!"

승리자들은 이겼음에도 큰 걱정이 있다는 표정이다.

잠시 후, 내일 대결을 위한 제비뽑기가 실시되었다.

현수는 두 번째 경기에 당첨되었다. 그리고 상대는 8서클 마스터인 비교적 약자이다.

현수와 맞붙게 된 8서클 마스터는 불안한 표정이다. 내일은 목숨을 잃는 날이 될 수도 있기 때문이다.

8서클 마스터가 7서클 유저와의 대결에 겁을 먹는 모습은 아마 유사 이래 처음일 것이다.

내일 대결 일정이 결정되자 황태자는 다시 한 번 미녀들을 등장시켰다.

164명이 모두 나오는 동안 관중석은 또 한 번 열광의 도가니가 되었다. 10년 후엔 본인도 저런 미녀를 품을 수 있을 것이라는 기대감 때문이다.

"자, 마지막 미녀입니다. 지난번에 아주 폭발적인 반응이 있었지요. 소개합니다. 아르센 대륙 라수스 협곡 출신 다프네 양입니다."

"와아아아아! 다프네! 다프네! 다프네! 와아아아!"

관중들이 어서 나오라고 이구동성으로 외친다.

"나옵니다! 요정 중의 요정! 다프네!"

"다프네! 다프네! 다프네! 다프네! 와아아아아!"

"와아아아! 와아아아아!"

일제히 함성을 지르며 하늘하늘한 옷을 걸친 다프네에게

시선을 집중시킨다.

딱 한 번 등장했지만 다프네는 '베누스(Venus)'라는 별명
이 생겼다. '꽃의 여신'이라는 뜻의 마인트 어이다.

다프네는 연한 베이지색 원피스를 걸쳤다. 허리엔 그리스
산토리니 마을에서 사용하는 파란색 요대가 걸려 있다.

풍만한 가슴, 잘록한 허리, 그리고 섹시한 둔부에 얼굴까지
받쳐준다. 과연 꽃의 여신이라는 애칭에 걸맞다.

현수는 무표정한 얼굴로 다프네를 보았다. 당장에라도 구
해줘야 하는데 그럴 수가 없다.

후작위를 위한 대결부터는 황태자를 비롯한 황족 모두가
참관한다. 이들을 보호하기 위해 많은 공작이 배석해 있다.

며칠 전엔 공작 30명에 후작 60명이었다. 그런데 지금은
공작 50명에 후작 100여 명이 모여 있다.

엄두도 못 낼 상황이다.

'끄응!'

나직한 침음을 낸 현수는 다프네가 자신을 바라봐 주기를
바랐다. 그런데 그러지 않는다.

다프네는 입장할 때부터 지금까지 펄펄 뛰는 반대쪽 관중
들에게 시선을 주고 있다. 너무 멀어서 얼굴조차 식별되지 않
는다. 그래서 바라보는 것이다.

'날 봐, 다프네. 널 구하려 내가 왔어.'

현수의 바람은 무산되었다. 잠시 후, 164명의 미녀가 모두 퇴장했다.

"부군의 승리를 감축드려요."

싸미라는 양손으로 치마의 양쪽을 잡고 살짝 들어 올리며 고개를 숙인다.

"배당금은 받았어?"

"호호! 네. 우리 이제 큰 부자예요."

오늘 아침, 대결에 임하기 전에 현수는 싸미라를 불렀다. 그리곤 시내의 상단으로 데리고 갔다.

그곳에서 금괴를 팔아 10만 골드짜리 전표를 지급받았다. 그리고 그것을 자신의 대결에 걸라고 지시했다.

물론 본인의 승리이다.

조금 전 싸미라를 대신한 토른은 부들부들 떨리는 손으로 330만 골드에 해당하는 전표를 받아왔다. 원금 10만 골드와 배당금 320만 골드이다.

방금 싸미라는 토른을 아침에 들렀던 상단으로 보냈다. 수수료를 내고 아침에 팔았던 금괴를 되돌려 받기 위함이다.

1골드가 100만 원인 세상이다. 따라서 배당금으로 받은 320만 골드는 한화로 3조 2,000억 원이나 된다.

이 돈은 전액 드마인 백작가에 기증하기로 했다.

배당이 32배나 되어 액수가 엄청 커졌지만 몰락한 가문을 되살리라는 의미로 주었다.

싸미라는 부군이 된 현수가 돈에 연연해하지 않는다는 걸 알았다. 자신의 가문을 위해 어쩌면 잃을 수도 있는 10만 골드를 아무렇지도 않게 꺼내놓을 때 알아본 것이다.

사실은 100% 이길 것을 확신하기에 내놓았다. 그런데 이런 속사정을 모르니 오해한 것이다.

"부군, 오늘은 소녀가 부군께 식사 대접을 하고 싶어요."

"싸미라가?"

"네, 부군을 맥마흔 최고의 식당으로 모시려고요."

맥마흔 도심 한복판엔 초호화판인 '헐떡거리는 늑대의 발톱' 이란 괴상한 이름의 식당이 있다.

보기 드문 7층짜리 건물을 통째로 쓰고 있는데 음식 맛이 좋아 늘 줄을 서서 대기해야 입장 가능한 식당이다.

당연히 엄청 비싸다. 1인당 한 끼에 10골드이다. 무려 1천 만 원이라는 뜻이다. 그럼에도 늘 만원이다. 돈에 크게 구애받지 않는 고위 귀족들이 단골이기 때문이다.

싸미라도 이곳을 알고 있다.

소문이 무성하니 모를 수가 없다. 하지만 한 번도 가본 적은 없다. 그곳을 드나들 만한 돈이 없기 때문이다.

황태자가 싸미라에게 눈독을 들이지 않았다면 골빈 사내

들이 거의 매일 그곳으로 초대했을 것이다. 불행히도 소문이 먼저 번져 그럴 기회가 없었다.

그런데 오늘 드디어 돈이 생겼다. 그것도 엄청난 돈이.

사치를 부리거나 낭비하는 성품이 아니지만 오늘은 처음이자 마지막으로 딱 한 번 가고 싶다. 부군과의 첫 외식이니 최고급으로 모시려는 것이다.

"최고의 식당이라고?"

"네, 헐떡거리는 늑대의 발톱이란……."

싸미라는 재잘대는 종달새처럼 속삭인다. 한 번도 먹어보지 못한 음식을 설명하는 것이다.

문득 귀엽다는 느낌이 든다. 그런데 듣고 보니 그 식당의 메인 메뉴가 퓨전 요리인 듯싶다.

"흐음!"

현수는 이곳에 와서 맛본 음식들을 떠올려 보았다.

나름 맛은 있었지만 최고라는 느낌은 없었다. 차라리 본인이 만든 것이 더 낫다는 생각이다.

"싸미라, 거기 사람이 많다며?"

"네, 요즘은 더 많을 거예요. 지방에서 온 마법사님이 많이 찾으니까요. 그래도 맛은 최고래요."

"그래? 그럼 아버지는?"

"아버진 그런 데 싫어하셔요. 번거롭고 시끄럽다고."

싸미라의 말은 반만 참이다.

드마인 백작이 헐떡거리는 늑대의 발톱이란 초호화 식당을 안 가는 이유는 100% 돈이 없어서이다.

10골드는 드마인 백작가의 석 달 생활비이다. 그걸 고작 한 끼 해결하자고 쓸 성품이 아닌 것이다.

"싸미라, 내가 한 요리 하는데 차라리 집에 가서 먹는 게 낫지 않을까? 오붓하게."

"…네, 그래요. 그게 좋겠어요."

싸미라는 오붓하게라는 말에 뿅 간 듯한 표정이다.

"아! 어서 오시게. 오늘도 승리했다는 말을 전해 들었네. 감축하네. 정말 대단하네. 9서클 마법사를 이기다니……."

드마인 백작 역시 마법사이다. 비록 3서클 유저 수준이지만 명색이 마법사인지라 늘 높은 곳을 꿈꿨다.

그런데 4서클의 벽이 너무 높아 아예 포기했다. 그러면서도 요즘은 가끔 연공실에서 밤을 새웠다.

황궁에서 일을 하다 보면 울화통이 치밀곤 한다. 나이도 어리고 작위도 낮은 자작 하나가 가끔 들이받기 때문이다.

겉으로는 작위를 존중해 주는 듯하지만 뒤에선 겨우 3서클 초보 마법사에 영지도 잃어버린 쓰레기 같은 백작이라며 구시렁거린다.

이 소리를 못 들었다면 괜찮겠지만 우연히 들었다. 그것도 여러 번 들었다. 불러서 야단을 치고 싶지만 그래 봤자 소용 없을 것이다. 귀족 특유의 오만함과 자기밖에 모르는 이기심, 그리고 완전히 사라져 버린 싸가지를 보면 그러하다.

하여 가끔은 심상 대결을 한다. 물론 100전 100패이다. 자 신은 3서클 유저이고 상대는 6서클 유저이다.

무려 3서클이나 차이가 나기에 번번이 깨지는 것이다.

그런데 사위가 될 핫산 브리프는 자신보다 훨씬 높은 화후 의 마법사들을 통쾌하게 깨고 있다.

대리만족이 느껴진다.

오늘은 지난 수년간 꼴 보기 싫을 정도로 오만하게 굴던 자 작 놈이 식사를 같이하자고 청했다.

웬일인가 싶어 생각해 보니 인기 절정인 핫산 브리프가 사 위가 된다는 소문이 돌아서인 듯하다.

화제의 중심에 서 있는 핫산은 백작위가 확실하다.

그리고 황태자가 눈여겨보고 있으니 작위를 얻으면 황궁 에서 근무할 확률이 매우 높다.

자작 놈은 자신의 상사로 현수가 부임하게 될 경우 지금껏 깔보던 드마인 백작이 문제라 생각했다. 둘은 장인과 사위 관 계이기 때문이다.

핫산은 작위도 높고 서클 수도 많기에 대들 수도 없다.

그랬다간 하극상으로 처벌을 받거나 심한 응징을 당할 것이다. 하여 먼저 드마인 백작에게 화해의 손길을 내밀었다.

이런 걸 보면 완전 제 편할 대로 사는 놈이다.

깔보고 씹다가도 자신에게 불리해지면 언제 그랬느냐는 듯 안면을 바꾸는 전형적인 기회주의자이다.

드마인 백작은 속내를 짐작하고 바쁘다는 핑계를 댔다. 그놈 쌍판을 앞에 두고 식사를 했다간 체할 것 같아서이다.

어쨌거나 사위 덕을 보았다. 그리고 본인이 자작 놈을 작살 내놓은 듯한 쾌감을 느꼈다.

저서클 마법사라도 마법을 효율적으로 섞을 경우 고위마법사를 이길 수 있는 가능성을 본 것이다.

그렇기에 이토록 환대하는 것이다.

"운이 좋았습니다."

"아닐세, 아니야."

드마인 백작은 어느 날 느닷없이 나타나 딸의 부군이 된 핫산 브리프가 너무도 마음에 든다.

"오늘 같은 날 술 한잔해야 하지 않겠나?"

"그렇지요?"

"네, 오늘은 한잔하세요. 다만 내일 2차 결전이 있으니 조금만 마시세요."

"그럼, 그럼. 백작과 후작은 하늘과 땅의 차이라네."

백작은 40만㎢ 영지를 다스리고, 후작은 120만㎢를 다스리게 된다. 당연히 엄청난 차이이다.

　드마인 백작의 말이 끝날 때 누군가 들어선다.

　"다녀왔습니다."

　18세쯤 된 잘생긴 청년이다.

　"아, 무하드! 매형이시다. 어서 인사드려라."

　"아, 그래요? 안녕하세요? 무하드라 합니다."

　외출했다 돌아온 무하드는 현수를 보자마자 눈빛을 빛낸다. 황태자께서 직접 지목해 준 매형이기 때문이다.

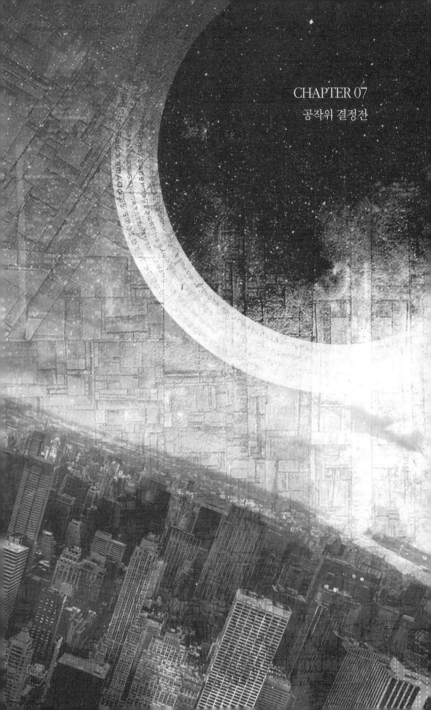

CHAPTER 07
공작위 결정전

전능의팔찌
THE OMNIPOTENT
BRACELET

　오늘 아주 오랜만에 어린 시절 친구로부터 연락을 받았다. 사교 모임이 있는데 나오라는 것이다.

　가문이 쇠락한 후엔 거들떠보지도 않던 녀석이다. 하지만 오랫동안 못 보았기에 기쁜 마음으로 연회장엘 갔다.

　그곳엔 장성하여 얼굴을 알아보기 힘든 친구들이 있었다.

　아울러 코흘리개 찌질이던 친구의 여동생들도 다 큰 숙녀가 되어 있었다. 무려 8년 만의 만남이다.

　무하드는 몇 잔의 술을 마셨다. 이곳에선 열여섯 살만 넘으면 성인 대접을 해주니 문제가 없다.

그러다 우연히 왜 자신을 초대했는지 알게 되었다.

핫산 브리프!

황태자가 직접 누나와 맺어준 촉망받는 매형의 처남이라는 이유로 이 자리에 초대받은 것이다.

개중엔 누나가 받게 될 지참금 10만 골드 중 일부를 어째보려는 반쯤 사기꾼인 녀석도 있었다.

가슴만 클 뿐 머릿속에 든 게 적은 여자애들은 코맹맹이 소리를 내며 은밀히 유혹했다. 권력 실세와 가까이 있어야 콩고물이라도 묻기 때문이다.

전후를 파악한 무하드는 부드럽게 상황을 마무리하고 귀가했다.

귀가하며 생각해 보니 지금까지 무위도식하는 삶을 살았다. 앞으로는 스스로 개척하는 삶을 살아보자고 마음먹었다.

매형이 될 핫산 브리프가 끼친 영향이다.

도착 즉시 연공실로 내려가 그간 내려놓고 있던 마법서를 다시 볼 생각이었다. 그런데 매형이 와 있다.

하여 상기된 표정으로 인사를 올린 것이다.

"핫산 브리프라 하네. 무하드라고?"

"네, 앞으로 지도 편달 부탁드립니다."

"그래, 도울 수 있으면 돕지."

무하드와 인사를 나눈 현수는 싸미라의 안내를 받아 주방으로 내려갔다.

"셀마, 백작님께서 손수 요리를 하시겠대요."

"어머, 정말요?"

사내가 주방엘 드나들면 불알이 떨어진다는 속담을 있는 나라이다. 그런데 고위 귀족 본인이 직접 요리를 한다니 믿어지지 않는 것이다.

"일단 라이트!"

파앗―!

하얀 광구가 허공에 생성되자 어둠이 확 밀려난다.

"끄응! 워싱, 클린! 워싱, 클린! 워싱, 클린!"

어두컴컴한 주방은 곳곳이 묵은 때로 오염되어 있다.

지구에서라면 철수세미로 세 시간은 박박 문질러야 깨끗해질 곳이지만 마법 덕분에 금방 반들반들해진다.

이럴 땐 마법이 과학보다 낫다.

"아공간 오픈!"

요리 준비를 마친 현수는 아공간에 담긴 식재료 및 조리 도구를 이용하여 빠른 시간에 음식을 만들어냈다.

바질페스토 갈릭 피자, 베이컨으로 만 돼지고기 안심스테이크와 리조또, 그리고 커다란 오마르 새우를 통으로 사용한 토마토소스 파스타를 뚝딱 만들어냈다.

그리곤 디저트로 고구마를 사용한 크램브륄레를 만들었

다. 캐러멜 층을 깨면 아래에 아주 부드러운 고구마 맛 푸딩이 들어 있는 것이다.

현란한 조리 솜씨에 셀마의 눈이 커진다. 거의 40년간 음식을 만들어온 자신보다도 훨씬 더 능숙했던 것이다.

조리된 음식은 식탁으로 옮겨졌다.

드마인 백작과 싸미라, 그리고 무하드와 현수는 셀마의 시중을 받아가며 만찬을 즐겼다. 달달한 적포도주까지 곁들여 아주 화기애애한 분위기다.

잠시 후, 토른과 셀마 역시 자신들만의 만찬을 즐겼다.

가장 마지막 디저트는 해태제과에서 만든 바닐라 맛 브라보콘이다. 당연히 눈을 크게 뜬다. 더운 여름에 시원한 아이스크림을 먹으니 어찌 안 그렇겠는가!

식사 후 현수는 백작의 연공실로 내려갔다. 내일 대결을 준비하기 위함이다.

당연히 결계를 쳤고, 타임 딜레이 마법 또한 구현되었다. 그 안에서 이실리프 마법서를 샅샅이 훑었다.

최하가 8서클 마스터인 상대를 오로지 7서클 이하의 마법을 조합하여 승리를 거둬야 하기 때문이다.

*   *   *

"자, 오늘의 두 번째 경기는 장안의 화제가 되신 핫산 브리프 백작님과 8서클 마스터이신 홀리오 고드니 백작님의 대결입니다. 여러분, 기대되십니까?"

"네!"

관중들이 이구동성으로 대답한다.

어제와 마찬가지로 귀빈석엔 황태자를 비롯한 황족들이 나와 있다. 이들 또한 눈빛을 반짝이고 있다.

오늘도 기적이 일어날까 싶은 것이다.

대결 진행자는 손에 들고 있던 대진표를 내린다.

"저도 오늘의 경기를 몹시 기대했습니다. 그런데……"

진행자가 잠시 말을 끊자 관중들은 대체 무슨 일이냐는 표정으로 시선을 집중시킨다.

"그런데 정말 아쉽게도 오늘의 두 번째 대결은 무산되었습니다."

"뭐라고?"

"왜 무산되었는데?"

"핫산 브리프 님이 포기하셨어?"

관중석이 금방 소란스러워진다.

이때 황태자가 힐만 공작에게 귓속말로 묻는다.

"공작, 핫산에게 무슨 일 있나?"

"아닙니다. 조금 전에 보고 왔는데 별일 없었습니다."

"그래? 그런데 왜 대결이 무산되었다고 하지?"

황태자가 고개를 갸웃거릴 때 진행자가 입을 연다.

"오늘 제2대결이 무산된 이유는……."

또 시선 완전 집중이다. 진행자는 이런 분위기가 마음에 든다는 듯 말을 잇는다.

"어제 제1대결에서 홀리오 고드니 백작님은 승리를 하셨지만 깊은 내상을 입으셨다 합니다. 하여 핫산 브리프 백작님과의 경기를 포기하셨습니다."

"으아! 이런 젠장!"

"난 오늘도 핫산 브리프 님에게 돈을 걸었단 말이야."

"설마 8서클 마스터가 7서클 유저에게 쫄아서 기권한 건 아니겠지?"

관중석에선 온갖 이야기가 튀어나온다. 그런데 그중 하나는 아주 정확한 추측이다.

실제로 8서클 마스터인 홀리오 고드니 백작은 승승장구하는 현수에게 쫄았다. 하여 내상을 핑계로 기권했다.

그러면서 속으로 엄청 투덜댔다. 현수의 상대로 제비를 뽑은 자신의 손목을 잘라 버리고 싶은 심정이다.

꼬박 10년을 기다려야 다음 기회가 오기 때문이다.

반면 홀리오 고드니 백작을 제외한 나머지 여덟 명의 도전자들은 암암리에 안도의 한숨을 내쉬었다.

어제 죽은 무스타 하로겐 백작의 사망 원인이 장기 파열이라는 소식을 듣고 많이 놀랐다.

심장, 간, 신장, 위는 물론이고 십이지장, 소장, 대장까지 모조리 파열되었다고 한다.

3서클 에어로 붐 마법을 쓴 듯하다. 그런데 그걸 상대의 체내에서 구현되게 하는 방법을 알 수 없다.

만일 핫산의 상대가 되는 제비를 뽑으면 본인 또한 모든 장기가 파열되어 죽을 수도 있다. 그렇기에 7서클 유저이지만 핫산 브리프와의 대결을 기피한 것이다.

관중석이 시끌벅적함에도 대회 진행자는 잠시 내버려 두었다. 그러다 대략 5분쯤 지난 후 다시 큰 소리를 낸다.

"홀리오 고드니 백작님께서 대결을 기권하신 연고로 핫산 브리프 님은 이제 후작 예정자가 되셨습니다. 모두 축하의 박수를 쳐주십시오."

"와아아아아아! 핫산! 핫산! 핫산!"

짝짝짝짝짝짝짝─!

핫산의 이름이 계속 연호되었고, 박수 소리가 울려 퍼진다. 관중석의 황태자는 피식 실소를 짓는다.

"8서클 마스터를 쫄게 하는 7서클이라……. 재밌다, 재밌어. 하하하!"

황태자는 예상치 못한 스타 탄생이 반갑기만 하다.

영주 선발대회가 기대 이상으로 시선이 집중되면서 자연스레 자신의 안목과 영도력이 돋보이게 되었기 때문이다.

핫산 브리프가 계속해서 도전할 수 있는 발판을 마련해 준 것은 신의 한 수로 호평받고 있다.

이럴 때 분위기를 업시키는 것은 시너지 효과를 만들어낸다. 하여 힐만 공작에게 신호를 보냈다. 그 즉시 마나 실린 음성으로 관중석을 제압한다.

"모두 조용!"

순식간에 고요해지며 모두의 시선이 쏠리자 황태자는 서서히 자리에서 일어섰다. 그리곤 현수를 바라본다.

"핫산 브리프 후작!"

"네, 전하!"

현수는 곧장 귀빈석으로 시선을 돌렸다.

"오늘의 승리를 축하하노라!"

"……!"

싸우지도 않았는데 승리했다니 조금은 계면쩍어 현수는 아무런 대꾸도 하지 않았다.

"참으로 대단하도다. 남작에서 시작하여 자작, 백작, 그리고 후작위까지 올라왔다. 고작 7서클 유저인데."

"네."

"잘 알겠지만 내일부터는 공작위를 결정하는 대결이 있다.

그대는 이 또한 참가하겠는가?"

황태자는 현수를 빤히 바라본다.

참가를 해서 승리하면 더없이 좋지만 에서 멈춰도 된다. 자신은 진흙 속의 진주를 알아본 사람이 되기 때문이다.

"…허락하신다면 도전하도록 하겠습니다."

"그래? 좋네, 좋아. 기대하지."

황태자가 엄지손가락을 추켜들어 보인다. 그와 동시에 관중석에서 환호성이 터져 나온다.

"와아아아아! 핫산! 핫산! 핫산!"

"내일 꼭 이기세요! 꼭이요!"

"핫산 후작님! 정말 대단하십니다!"

"와아아아아! 핫산! 핫산! 핫산!"

"후작님, 내일 꼭 공작님이 되십시오!"

대기실에서 곧 실시될 자신들의 대결을 기다리고 있던 후작위 도전자들은 거대한 환호성을 듣고 안색을 굳힌다.

핫산을 피한 건 다행이지만 부담스럽기 때문이다.

이때 누군가 중얼거린다.

"핫산 브리프 후작이라……. 고작 7서클인데 정말 대단하군. 안 그런가?"

"그러게 말입니다. 흘리오 고드니 백작님이 발을 뺄 만한 상대입니다. 안 그렇습니까?"

"맞소. 나라도 그 제비를 뽑았으면 기권했을 것이오. 세상에 내장을 다 터뜨려서 죽이는 마법이라니……."

"그나저나 빨리 했으면 좋겠는데 모두들 미친 것처럼 소리만 지르고 있으니……. 끄응! 마뜩치 않소이다." .

"네, 매도 먼저 맞는 게 낫다고 했는데 이기든 지든 빨리 끝내는 게 마음 편할 것 같습니다."

"내 말이."

곧 생사를 걸고 대결할지 모를 상대와의 대화였다.

* * *

"흐으음!"

드마인 백작의 연공실로 되돌아온 현수는 이실리프 마법서를 뒤적이며 나직한 침음을 토한다.

내일 대결은 명실상부한 9서클 마스터와의 대결이다.

마스터급 유저니 뭐니 이런 게 아니라 자타가 공인하는 진짜 마스터를 7서클 이하의 마법으로 잡아야 한다.

당연히 쉽지 않은 일이다.

9서클 유저이면서도 마스터급이라는 평을 듣던 무스타 하로겐 백작과의 대결은 요행과 잔꾀의 승리이다.

현혹 마법의 대가 앞에서 현혹 마법을 쓸 것이라 누가 예상

했겠는가! 신의 한 수가 되어버린 그것 덕분에 승리를 거머쥔 것이다.

내일 붙을 상대는 전격 계열의 대가이다. 그야말로 섬전과 같은 속도로 마법을 구사한다고 소문나 있다.

초급 마법사나 다름없는 드마인 백작의 말이다.

현수는 고심고심하며 내일을 대비했다. 그러던 어느 순간 노크 소리가 들린다.

똑, 똑, 똑―!

"누구?"

"후작님, 소녀 싸미라이옵니다. 오지 말라 하셨지만 꼭 전해드릴 것이 있어 왔사옵니다."

"흐음! 들어오시오."

저녁을 먹으면서 많이 친해진 느낌이기에 불러들였다.

삐이걱―!

"죄송해요. 방해하지 말라 하셨지만 이건 꼭 전해드려야 할 것 같아서요."

싸미라는 쟁반 위의 서찰을 건넨다.

봉해져 있는 그것의 겉봉엔 '필승 비결' 이란 큰 글씨가 쓰여 있다. 곁엔 작은 글씨로 '초록꽃 156송이' 라 쓰여 있다.

반 로렌카 전선에서 황궁에 심어놓은 라트보라 남작이 보낸 것이 틀림없다.

"이걸 왜 내게 전해야 한다 생각했지?"

현수의 시선을 받자 싸미라는 기다렸다는 듯 입을 연다.

"이걸 가져온 사람이 말하길 이걸 보시면 공작이 되실 확률이 더 높아질 거라고 했어요."

"그래?"

"네, 이걸 전한 사람이 말하길 부군은 모든 마법사의 희망이래요. 그러니 내일 꼭 이겨달라고 말하면서 전해달라고 신신당부했어요."

싸미라는 확실히 순진하다. 봉투 속에 호흡기를 통해 체내로 들어갈 독 가루가 있을지도 모른다. 그럼에도 꼭 이기라는 말에 마음이 움직인 듯하다.

"알았어. 수고했어."

"네, 그럼 이만. 참, 내일 꼭 이기세요."

"그래, 이길게."

싸미라가 나간 후 현수는 서찰을 살펴보았다. 누군가 먼저 열어본 흔적이 있는지의 여부를 확인한 것이다.

아무런 이상도 없는 서찰이다.

찌이익—!

겉봉을 찢자 곱게 접은 서찰이 드러난다.

"흐음!"

예상대로 라트보라 남작이 보냈다. 하지만 발신인은 푸시라 쓰여 있다. 졸린 조랑말의 발굽 바텐더 이름이다.

현수는 서찰의 내용을 눈여겨보았다. 내용이 사실이라면 정말 특급 정보였기 때문이다.

다 읽은 뒤엔 불태운 뒤 비벼서 완전히 소거했다.

*　　　*　　　*

"자, 오늘의 마지막 경기는 여러분께서 고대하고 고대하던 바로 그 경기입니다."

"와아아아아! 핫산! 핫산! 핫산!"

관중석이 또 들썩인다.

"맞습니다. 저서클 마법사들의 희망인 핫산 브리프 후작님과 명실상부한 9서클 마스터이시며 죽음의 신이라 불리는 에단 듀크 후작님 간의 대결입니다."

"와와와와와! 와와와와와와와!"

대기실의 현수는 생각해 둔 바를 복기하는 중이다. 그런데 지난번과 달리 약간 긴장된 표정이다.

10서클 마스터이지만 7서클 이내의 마법만으로 대결에 임해야 하기 때문이다.

이는 한 팔을 묶고 싸우는 것이나 다름없다. 게다가 에단 듀크 후작과의 대결은 목숨을 건 실전이다.

자칫 잘못하면 목숨을 잃을 수도 있다는 걸 염두에 두어야 한다. 영주 선발대회가 구경하는 이들과 승자에겐 잔치이지만 패하는 자는 잘해야 목숨 보전이다.

지금까지의 대결에서 상당히 많은 인원이 죽거나 다쳤다.

현수도 여럿을 죽였다. 목숨을 해치지 않고 상대하는 것이 어려운 상황이기 때문이다.

따라서 에단 듀크 후작은 인정사정없는 공격을 퍼부을 것이다. 그러니 정말 정신을 바짝 차려야 한다.

물론 정말 급해지면 본인도 9서클 마법을 쓰면 된다. 당연히 상대를 압도할 것이다. 상대는 마스터가 된 지 얼마 안 되었기 때문이다.

그리고 현수는 9서클 궁극 마법을 난사할 만큼 충분한 마나를 보유하고 있기 때문이기도 하다. 상대가 구현해 낼 수 있는 앱솔루드 배리어는 횟수의 제한이 있다.

그러니 무조건 승리한다. 문제는 그다음이다.

7서클 유저라 해놓고 9서클 마법을 쓰면 의심을 받게 된다. 그 결과 50명의 9서클 마스터와 100명의 8서클 마스터에게 포위될 수 있다.

살아남기 힘든 상황에 처할 수 있는 것이다.

"작전대로 잘돼야 하는데. 잘해보자."

현수는 스스로를 다독였다. 이때 대결 진행자의 발언이 이어진다.

"오늘은 특별히 내기 돈을 미리 걸도록 하겠습니다. 상대가 누군지는 다 아시니 지금부터 10분간 시간을 드립니다."

하늘같은 후작들에게 먼저 경기장에 나와 내기 돈이 다 걸릴 때까지 멍하니 서 있으라는 말은 할 수 없기 때문이다.

"와글와글와글와글와글와글!"

관중석이 엄청 시끄러워진다. 서로 의견이 다른 때문이다.

"무조건 에단 듀크 후작님이 이겨! 9서클 마스터라구!"

"그래, 그렇긴 해도 핫산 브리프 후작님도 만만치 않다고. 지금까지 모두 자기보다 상위 마법사를 상대했어."

"난 핫산 브리프 후작님에게 걸 거야. 너는?"

"나는 에단 듀크 후작님의 승에 100골드."

"나도 에단 듀크 후작님에게 220골드."

"흐음! 난 핫산 브리프 후작님에게 20골드!"

"나는 에단 듀크……."

관중석 한복판의 게시판엔 계속해서 내기에 관한 상황이 기록된다. 그렇게 잠시의 시간이 흘렀다.

어느 정도 돈을 걸었는지 약간은 진정된 느낌이다.

"우와! 대단하군요. 오늘은 어제의 비율을 넘겼습니다. 핫산 브리프 후작님 대 에단 듀크 후작님 간의 내기 비율은, 놀라지 마십시오, 여러분!"

대결 진행자는 홍분한 음성이다.

"무려, 무려 41 대 1입니다. 대단하군요. 거의 모든 관중께서 에단 듀크 후작님에게 돈을 거셨습니다. 개인적인 입장에서 생각해 볼 때에도 7서클 유저와 9서클 마스터 간의 대결이니 합당한 생각인 것 같기는 합니다. 하지만……."

진행자는 잠시 에단 듀크 후작에게 시선을 준다. 자칫 심기를 건드릴 수도 있는 발언이기 때문이다.

그런데 에단 듀크 후작은 여유만만하다. 하긴 9서클 마스터가 뭐 때문에 초조하겠는가!

"만일, 만일 말이지요. 핫산 브리프 후작님이 승리를 하게 되면 오늘 돈을 건 사람은 그야말로 팔자가 핍니다. 10골드만 거셨어도 무려 410골드를 배당금으로 받으니 말입니다."

10골드는 드마인 백작가의 석 달 생활비이다.

410골드라면 거의 10년간의 생활비에 해당하니 누군가에겐 엄청난 액수이다.

"와아아아! 와아아아!"

관중들은 홍분된 음성으로 환호성을 터뜨린다. 돈은 다 걸었으니 어서 대결을 시작하라는 뜻이기도 하다.

대결 진행자는 귀빈석을 힐끔 바라보곤 현수와 에단 듀크 후작에게 차례로 시선을 옮긴다.

"두 분, 준비되셨지요?"

"그렇다네."

"그래."

"부디 승리하시길!"

말을 마친 진행자는 뒤로 물러서서 곧바로 깃발을 든 자에게 수신호를 보낸다.

휘리리릭—!

검은 깃발을 휘두른다. 바로 그 순간 현수의 입술이 달싹인다.

"블링크! 블링크! 블링크! 블링크! 블링크! 블링크!"

잠시도 쉬지 않고 마치 메뚜기처럼 여기저기에서 나타났다 꺼지기를 반복한다.

에단 듀크 후작은 가소롭다는 표정으로 지켜보기만 할 뿐 본격적인 공격은 하지 않는다.

그렇다 하여 아무것도 안 하는 것은 아니다. 오늘의 대결을 위해 치밀한 작전을 짜온 바 있다.

그걸 구현시키기 위해 타이밍을 노리고 있는 것이다.

"블링크! 블링크! 블링크! 블링크! 블링크! 블링크!"

현수는 계속해서 공간이동을 하여 에단 듀크 후작의 전후 좌우에서 명멸했다.

관중들은 이건 대체 무슨 수법을 쓰려는 건가 싶었는지 모두들 숨죽인 채 대결장만 지켜보고 있다.

같은 순간 에단 듀크 후작은 남몰래 구현시킨 와이드 센스 마법으로 현수의 움직임을 파악하고 있다.

동에 번쩍, 서에 번쩍하면서 조금씩 가까워지고 있다.

무슨 수법을 쓰려는 건지는 몰라도 조금만 더 가까워지면 단숨에 제압할 속셈이기에 비릿한 조소를 베어 물고 있다.

그러는 동안에도 현수는 계속해서 에단 듀크의 주변을 맴돌았다.

"블링크! 블링크! 블링크! 블링크! 블링크! 블링크!"

그러던 어느 순간이다. 침잠된 눈빛으로 주변을 주시하던 에단 듀크 후작의 입술이 달싹인다.

살짝 고개를 숙이고 있기에, 그리고 너무 작은 움직임이기에 후작이 무엇을 하려는지는 아무도 모른다.

"안티 매직필드!"

샤르르르릉—!

현수의 움직임이 팔을 뻗으면 닿을 만큼 가까워진 순간 에단 듀크 후작이 구현시킨 마법이다. 곧이어 다시 달싹인다.

"윈드 캐너……."

같은 순간 현수의 입술 또한 달싹인다.

"멀티 스토리지!"

"커억!"

스팟—!

둘의 입술이 거의 동시에 움직였다. 그리고 아주 짧은 순간 모두의 눈이 번쩍 뜨일 일이 벌어졌다.

에단 듀크의 신형이 연기처럼 사라진 것이다.

에단 듀크 후작은 핫산 브리프가 마법을 쓰지 못하도록 장애장을 형성시킨 뒤 단숨에 제압하려 했다.

윈드 캐논은 신체를 단숨에 찢어발길 정도로 강력한 마법이다. 워낙 가까운 거리이므로 현수는 즉사를 면치 못할 것이다.

이를 구현시키려던 바로 그 순간 현수의 입술도 달싹였는데 간발의 차이로 그게 먼저였다.

에단 듀크 후작의 등 쪽에서 아공간이 열렸고, 그와 동시에 엄청난 흡인력이 발휘되었다.

전혀 예상치 못한 수법이기에 속절없이 현수의 아공간 속으로 빨려든 것이다.

그런데 너무 짧은 순간에 일어난 일인지라 관중들의 눈엔 에단 듀크 후작이 사라진 것으로 보였다.

"뭐야? 갑자기 왜 사라져?"

"그러게. 핫산 브리프 후작님이 계속해서 블링크를 하니까 본인도 그렇게 하시는 중인가?"

"그래도 그렇지, 아예 안 보일 수는 없잖아."

"그건 그래. 아무리 빨라도 문득문득 신형이 나타나지."

"그러게. 그런데 왜 안 보이지?"

"대체 어딜 간 거야, 대결하다 말고?"

"핫산 브리프 후작님이 너무 정신없게 하니까 빡쳐서 집에 가셨나?"

"말이 되는 소리를 해라. 지금 공작위를 놓고 대결하는 중이야. 아무리 빡쳐도 그렇지."

"웅성웅성, 웅성웅성, 웅성웅성!"

관중석은 호떡집에 불난 것처럼 시끄럽다. 물론 이해될 수 없는 현상 때문이다.

같은 순간 귀빈석의 황태자는 감탄의 빛을 감추지 못하고 있다.

"대단하군! 역시 핫산이야! 하하! 하하하!"

"네, 오늘은 공격 마법을 하나도 안 썼습니다."

"그치? 정말 기발해! 하하! 너무나 기발해서 웃음만 나온다! 하하하! 하하하하!"

황태자는 너털웃음을 터뜨리며 손으로 무릎을 친다.

아무도 생각지 못한 수법으로 9서클 마스터를 단숨에 제압한 것이 너무도 기가 막혀서이다.

힐만 공작 역시 크게 고개를 끄덕인다. 평생 마법을 수련하면서 살았지만 이런 경우는 정말 처음이기 때문이다.

"핫산 브리프! 공작이 될 것 같습니다!"

"그치? 하하! 나도 그렇게 생각해. 하하하!"

황태자와 힐만 공작이 웃음을 터뜨리자 곁에 있던 정비와 차비가 궁금하다는 표정을 짓는다.

　"전하, 어떻게 된 건지 설명해 주실 수 있는지요?"

　"그래요. 너무도 궁금해요. 지금 핫산 브리프 후작이 이긴 건가요? 에단 듀크 후작님은 어디 가신 거예요?"

　주변의 시선이 황태자와 힐만 공작에게 쏠린다.

　그중엔 9서클 마스터도 있다. 너무도 짧은 순간에 일어난 일인지라 보지 못한 이가 여럿 있는 것이다.

　황태자는 주변의 9서클 마법사들을 둘러보았다. 그리곤 이런 것도 못 보느냐는 표정으로 입을 연다.

　"방금 전 핫산 브리프 후작은 에단 듀크 후작을 아공간에 넣었다. 그 상태로 놔두면 숨을 못 쉬니 죽겠지."

　말을 마친 황태자는 대결장을 손으로 가리킨다. 이 순간 현수는 아공간을 열어 에단 듀크 후작을 꺼내놓고 있다.

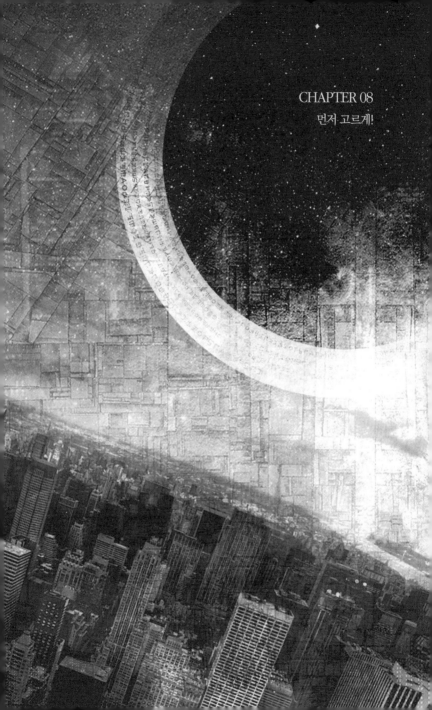

CHAPTER 08
먼저 고르게!

"헉! 허어어억!"

에단 듀크 후작은 얼른 숨을 몰아쉬었다.

시커먼 아공간에 담긴 이후 지금껏 호흡을 할 수 없었으니 산소가 필요한 것이다. 9서클 마스터라도 공기가 없으면 못 산다는 것이 증명되는 순간이다.

대회 진행자는 이게 대체 무슨 상황인가 살피더니 이내 깨달은 바가 있는 듯하다.

"핫산 브리프 후작님 승!"

"와아아! 와아아아! 와아아아아!"

관중들은 어찌 된 영문인지 알 수 없지만 핫산 브리프가 이겼다는 말에 일제히 환호성을 터뜨린다.

이때 현수는 에단 듀크 후작에게 다가갔다.

"괜찮으십니까?"

"…대단하군. 내가 졌네."

에단 듀크 후작은 고개를 설레설레 흔든다. 저서클 마법인 블링크와 아공간 마법은 결코 공격 마법이 아니다.

그런데 겨우 그걸 조합하여 9서클 마스터인 자신을 죽음의 문턱까지 몰아넣었음을 인정한 것이다.

조금 더 아공간에 뒀으면 시체가 되었을 것이다.

자신이 펼친 안티 매직필드가 아무런 효과를 거두지 못한 건 타이밍이 절묘하여 마법이 구현되기 직전에 본인이 아공간으로 빨려든 때문이라 생각했다.

7서클 마법사는 결코 9서클 마법사의 안티 매직필드를 극복할 수 없다는 것이 통념이자 상식이다.

그렇기에 전혀 의심치 않는 것이다. 현수 입장에서는 실로 고마운 착각이다.

어쨌거나 관중석은 또 한 번 떠들썩해진다.

"와아아! 와아아아! 핫산! 핫산! 핫산! 와아아아아!"

1 대 41이었으니 거의 대부분이 내기 돈을 잃었을 것이다. 그럼에도 마치 자신이 승리를 쟁취한 기분이 든 때문이라 환

호성을 터뜨리는 것이다.

같은 순간 나직한 탄성을 내는 이가 있다. 드마인 백작가의 하인 토른이다.

"세상에 맙소사! 어떻게 이런 일이⋯⋯!"

오늘도 어제에 이어 10만 골드를 걸었다. 그런데 410만 골드를 배당금으로 받게 되었다.

어제 받은 배당금 10만 골드를 쓸 데가 있다면서 싸미라로부터 받아 은밀히 건넨 것이다.

토론은 어마어마한 금액인지라 부들부들 떨었다.

이에 현수는 잃어도 자신이 다 채워 넣을 것이니 걱정하지 말라고 했다.

어쨌든 현수가 시킨 대로 핫산 브리프의 승리에 10만 골드를 걸었다. 사실 10만 골드를 잃을 것이라 생각했다.

7서클이 어찌 9서클 마스터를 이기겠는가!

상식이 있다면 이길 수 없는 것이 정상이다. 그런데 승리를 쟁취했다.

이제 배당금을 포함하여 420만 골드를 받을 것이다.

수수료로 1%를 떼어주는데 그 금액만 4만 2,000골드이다. 약 420억 원이나 되는 거금이다.

"핫산! 핫산! 핫산! 핫산!"

연호하는 소리가 관람석을 뒤흔드니 답례를 하지 않을 수 없다. 현수는 두 손을 흔들며 한 바퀴 돌았다.

"와아아아아!"

짝짝짝짝짝짝짝짝짝짝짝짝짝짝짝짝짝짝!

관람석의 박수 소리가 끊이지 않는다. 그렇게 잠시의 시간이 흘렀다.

"자, 이제 곧 3대결이 시작됩니다. 관중 여러분께서는 진정하고 착석하여 주시길 바랍니다."

대결 진행자의 말에 모두가 착석한다.

"자, 그럼 두 분 후작님을 모시겠습니다. 알몬 만스크 후작님, 그리고 케리 브랜들린 후작님! 대결장으로 나와 주십시오. 다들 아시다시피 두 분 모두 9서클 마스터이십니다."

대결 진행자의 사회가 진행되는 동안 현수는 통로를 따라 승자 대기실로 향한다.

삐이꺽—!

"아! 후작님, 소인은 황실 시종 스테파노입니다. 먼저 승리를 감축드립니다."

"그래, 고맙네."

보아하니 자작위를 가진 시종인 듯싶어 존대와 하대의 구별이 모호한 말을 썼다. 상대가 귀족이기는 하지만 자신은 최소 후작위 이상이기 때문이다.

"황태자 전하께오서 귀빈석으로 오르시라는 전갈이 있었

사옵니다."

"그런가? 알았네."

현수는 스테파노의 뒤를 따라 귀빈석으로 향했다.

"오오! 어서 오게. 승리를 축하하네."

"네, 감사합니다, 전하! 그리고 정비마마, 차비마마."

"호호! 축하해요.

"저도요. 멋졌어요."

정비와 차비까지 환히 웃으며 대꾸해 주자 황태자가 다시 입을 연다.

"정말 절묘했어. 내가 자네에게 정말 감탄했네. 블링크에 이은 아공간이라니……. 그건 정말 신의 한 수였네. 우리 모두의 의표를 찌른."

"그저 운이 좋았을 뿐입니다."

현수는 짐짓 겸양을 떨었다.

"아냐, 아냐. 그건 운이 아니지. 탁월한 전략이었네. 참, 에 단 듀크 후작의 목숨을 거두지 않은 건 잘한 일이네."

"……?"

황태자의 말에 현수는 대꾸하지 않았다. 눈만 크게 떴을 뿐이다. 그럼 무슨 뜻인지 설명해 줄 것이기 때문이다.

"후작을 따르는 세력이 적지 않네. 장차 자네의 운신에 큰 도움을 줄 것이야."

"아, 네에."

정치 이야기였다. 현수는 동의하는 척 고개를 끄덕였다.

"내일 최종 대결이 남았지?"

"네."

"상대가 누구이든 최선을 다해주게. 내가 자네를 주시하고 있음을 잊지 말고."

"감사합니다. 최선을 다해보겠습니다."

"그래, 그래! 하하하!"

황태자는 현수의 어깨를 두드리며 파안대소를 터뜨린다.

현수 덕분에 사람 보는 눈이 탁월하다는 평가가 추가되어 기분이 좋은 것이다.

"참, 싸미라."

"네, 전하."

"너에게 주기로 한 지참금 중 일부인 저택이 정해졌다. 윈스톰 공작가와 사리젠 공작가 사이의 것이다."

"네? 거기라면⋯⋯."

싸미라가 이토록 놀란 표정을 짓는 이유는 황태자가 말한 것이 정복자의 길 좌우의 저택 중 가장 큰 것이기 때문이다.

게다가 공작이 아니라면 건사하기조차 힘들 정도로 규모가 크며 호화롭다.

원 주인은 10년 전 세수 688세를 일기로 세상을 떠난 전임 재상 알폰소 공작이다. 참고로 약 400년을 로렌카 제국의 재상직에 머물렀던 인물이다.

초대 황제의 동료이자 친구이기도 한데 평생 황제의 뜻을 거역하고 동정의 몸을 간직한 인물이다.

다시 말해 여자의 알몸이 어떻게 생겼는지를 본 적이 없는 보건복지부가 보증하는 총각이다.

아무런 후사 없이 세상을 떴기에 알폰소 공작의 모든 재산은 국고에 귀속되었다. 그것 중 일부인 수도의 저택을 주겠다는 것이다.

"정말이십니까?"

"싸미라, 황태자는 한 입으로 두말을 하지 않는다."

"아! 죄송합니다."

싸미라는 몸 둘 바를 모르겠다는 듯 고개를 조아린다. 이런 모습이 귀엽고 신선하게 보인 듯하다.

"그래, 부군인 핫산 브리프와는 합방을 했느냐?"

"네? 아, 아직…… 죄송합니다."

"하하! 죄송은 무슨. 잘했다, 잘했어. 내일 대결이 끝날 때까진 뭐든 미뤄다오. 자칫 내가 아끼는 핫산의 몸에 무리가 갈 수도 있으니."

"저, 전하……!"

싸미라는 자타가 공인하는 처녀의 몸이다. 그러니 감당하기 힘든 농담이라는 표정으로 고개를 조아린다.

"하하! 하하하! 하하하하!"

황태자는 무엇이 그리 좋은지 너털웃음을 터뜨린다. 이때 대결 진행자의 수신호에 따라 검은 깃발이 내려간다.

알몬 만스크 후작과 케리 브랜들린 후작은 신호와 동시에 공격을 개시했다. 이 대결은 무려 두 시간이나 걸렸다.

케리 브랜들린 후작이 알몬 만스크 후작보다 마나 보유량이 조금 더 많아서 이긴 경기이다.

다시 말해 둘은 실력이 비슷해서 우열을 가리기 어려웠다.

케리 브랜들린 후작이 이긴 건 알몬 만스크 후작이 그 자리에 주저앉아 헐떡이면서 기권했기 때문이다.

"케리 브랜들린 후작님 승!"

기권을 선언했기에 대결 진행자는 재빨리 대결장 위로 올라가 승패가 겨루어졌음을 선언한다.

"헉헉! 헉헉헉!"

"허억! 흐어억! 허헉!"

둘은 한참 동안 숨을 골라야 했다. 진이 빠질 정도로 모든 기력을 쏟아낸 때문이다.

털썩—!

급기야 승자인 케리 브랜들린 후작마저 주저앉았다.

9서클 마스터라 할지라도 모든 마나를 소진하고 나면 기진맥진한다는 걸 보여주었다.

* * *

"정말 수고하셨어요."

싸미라는 존경과 흠모, 그리고 애정이 듬뿍 담긴 시선으로 현수를 바라보고 있다. 이때 드마인 후작이 입을 연다.

"그래, 정말 큰일을 이루셨네. 감축하네."

드마인 백작은 감히 현수에게 하대를 할 수가 없었다.

후작위는 확정되었고, 이제 한 번만 더 승리하면 공작이 된다. 몰락한 백작 따위는 우러러보는 것조차 벅찰 정도로 잘나가는 실세 공작이 될 것이 뻔하다.

조만간 황태자가 양위를 받아 황제가 될 것이다. 이는 황제가 어전회의 때 직접 언급한 말이니 곧 이루어질 일이다.

자고로 새 술은 새 부대에 담으라 하였다. 따라서 기존의 모든 관직은 새로운 사람들로 채워질 것이다.

황태자의 지극한 관심을 받는 핫산 브리프 공작이 실권을 쥘 것은 자명한 일이다.

그렇기에 사위이지만 감히 말을 놓지 못하는 것이다.

"운이 좋았을 뿐입니다."

현수는 담담한 표정이다. 꾀로써 취한 승리나 다름없기 때문이다. 게다가 7서클이라고 사기까지 쳤다.

그렇기에 마냥 좋다고 웃을 수가 없는 것이다.

"아니야, 아니야. 모두가 자넬 칭찬하네. 그건 운이 아니라 실력이네. 다들 전략이 기막혔다고 감탄하고 있지."

오늘 드마인 백작가엔 평소엔 발걸음이 없던 여러 백작과 후작들이 몰려왔다. 핫산 브리프가 싸미르의 남편이라는 소문이 난 때문이다.

이 자리에선 현수에 관한 여러 이야기가 오갔다.

그중 블링크와 아공간 마법으로 9서클 마스터를 곤경에 처하게 한 기막힌 수법은 당연히 화제의 중심이었다.

이번 대결만 끝나면 핫산 아카데미를 개설하라는 의견이 있었다. 저서클 마법사들로 하여금 여러 마법을 조화시켜 강자를 이길 수 있는 비법을 만들자는 것이다.

물론 10년 후를 내다본 포석이다. 다시 말해 차기 영주 선발대회에 나가려는 욕심으로 온 것이다.

같은 시간, 현수는 황태자와 함께하고 있다.

원래는 황태자 전용 연공실에 머물려 했다. 내일 있을 대결에서 또 한 번 기막힌 수법을 만들어내려는 의도이다.

그런데 거절되었다.

공작위 결정 1차 대결에서 승리한 세 명의 공작이 연명으로 특혜 시비를 걸어온 때문이다.

황태자는 일리 있다 판단하여 연공실 사용을 허가하지 않았다. 하여 연공실 서고까지 들어가 있던 현수를 불러냈다.

대신 자신이 평소에 생각하고 있던 마법들에 대한 의견을 말해주었다. 어떻게든 도움을 주고 싶은 것이다.

현수는 고개를 끄덕이며 경청하는 척했다.

중학생이 초등학생으로부터 사칙연산에 대한 설명을 듣는 것이나 다름없기 때문이다.

아무튼 꽤 오랜 시간 황태자궁에 머물렀다. 그리고 드마인 백작가로 왔다. 대결장 인근의 여관을 물색했는데 빈 곳이 하나도 없었기 때문이다.

출전 선수들을 위한 숙소가 있기는 한데 가보니 있을 수가 없었다. 바로 옆 여관이 너무나 떠들썩했기 때문이다.

주정뱅이들의 고성방가와 남녀가 내는 격정적인 소음인지라 깨끗이 포기하고 이곳으로 온 것이다.

"매형, 감축드려요."

"······!"

싸미라의 남동생 무하드는 완전 존경한다는 표정이다. 현수는 매형이라는 말이 익숙하지 않다.

지현, 연희, 이리냐 모두 남동생이 없다. 따라서 지구에선 한 번도 못 들어본 말이다.

카이로시아는 막내이고 로잘린의 남동생은 아직 못 보았다. 스테이시와 케이트에게도 남동생이 없다.

다만 다프네에겐 남동생이 있다.

하지만 드래고니안 마을에 떨어져 살며 왕래가 전혀 없으므로 매형 소리를 들을 수 없을 것이다.

라이세뮤리안이 친구로 삼았으므로 그 자식이라 할지라도 가까이 대하는 것이 어려울 것이기 때문이다.

아무튼 지구와 아르센 대륙 양쪽에서 매형이라는 말을 듣기는 어려울 듯하다. 그런데 이곳 마인트 대륙에는 너무도 자연스레 매형이라 부르는 녀석이 있다.

현수는 잠시 무하드에게 시선을 주었다. 절세미녀를 누나로 둔 녀석답게 잘생긴 얼굴이다.

2014년에 방영된 미드 화이트 컬러(White collar)6에서 주연을 맡은 맷 보머(Matt Bomer)와 아주 비슷하다. 이런 녀석이 친근감 담긴 눈빛으로 바라보며 미소를 짓고 있다.

"고맙다."

"매형, 나중에 저에게도 마법을 가르쳐 주실 수 있어요?"

"그래, 시간이 되면 그래 보자."

"앗싸! 신 난다!"

무하드는 펄쩍 뛰어오르며 기쁨을 감추지 못한다.

몰락한 가문의 별 볼 일 없는 존재인지라 귀족가의 자제들

사이에서 왕따를 당했다.

그런데 이제는 달라질 것이다. 매형이 맥마혼 최고의 인기 남이자 공작이 될 확률이 높은 핫산 브리프이기 때문이다.

저서클 마법만으로 고서클 마법사들을 농락한 것으로 유명하다. 따라서 현수에게 마법을 배우면 상위 마법사들도 쩔쩔매게 할 수 있을 것이다.

무하드는 그간 알게 모르게 무시하던 녀석들을 혼내줄 마음에 들떠 있다. 그런 그를 바라보는 드마인 백작의 입가에도 미소가 어려 있다.

무기력하기만 했던 하나뿐인 아들이 모처럼 뭔가를 해보겠다는 의욕을 보이고 있기 때문이다.

드마인 백작은 현수가 오기 직전에 토른으로부터 어제와 오늘의 내기에 대한 이야기를 들었다.

어제는 10만 골드를 326만 7,000골드로 불려왔다. 총 수령 금액의 1%를 수수료로 지불한 것이다.

오늘도 10만 골드를 걸었는데 무려 425만 7,000골드를 받아왔다. 원금 10만 골드를 제하고 나면 이틀 사이에 752만 4,000골드를 번 셈이다.

무려 7조 5,240억 원에 해당하는 거금이다.

당연히 대경실색했다. 평생 생각해 보지도 못한 거금이기 때문이다. 그런데 사위라 생각하고 있는 핫산 브리프는 이 돈

전부를 드마인 백작가에 주겠다고 한다.

물론 펄쩍 뛰며 그게 무슨 소리냐며 거절했다.

흑마법을 3서클까지 익혔지만 악인은 아니라는 걸 확인할 수 있는 일이다.

현수는 다프네를 되찾으면 곧 마인트 대륙을 떠날 사람이다. 그렇기에 마인트 대륙의 화폐가 필요 없다.

이곳은 금화로 만든 걸 쓰지 않고 지구처럼 마법 처리된 지폐를 쓰기 때문이다. 하여 싸미라를 위해 주는 것이라 둘러댔다. 신랑이 신부에게 주는 예물비로 생각하라는 것이다.

당연히 또 펄쩍 뛴다. 예물비가 무려 7조 5,240억 원이라는 건 상식적으로 말이 안 되기 때문이다.

그래도 떠안겼다. 그 돈으로 죽을 쒀도 좋다고 했다.

결국 받기는 받았지만 싸미라를 통해 되돌려 줄 생각이다.

드마인 백작은 비록 곤궁하기는 하지만 그래도 경우 없이 남의 것을 탐하는 성품이 아닌 것이다.

"오늘도 연공실을 쓰시려는가?"

"네, 내일 대결이 있으니 그랬으면 합니다."

"쓰시게. 얼마든지. 이제 이 집의 모든 것은 자네 마음대로 해도 되네."

"감사합니다."

현수는 곧장 연공실로 내려갔다. 싸미라가 따라왔지만 혼자 있고 싶다는 말에 토 달지 않고 물러났다.

'부군의 말에 순종하라' 고 배웠기 때문이다.

"흐음!"

연공실 문이 닫히자 현수는 턱을 괴었다.

내일은 또 어떤 기발한 방법을 써야 승리를 취할 수 있을지 고민해야 할 시간이 된 때문이다.

오늘의 승리는 라트보라 남작이 보낸 서찰의 내용이 있었기에 가능했다.

에단 듀크 후작은 한때 라트보라 남작의 직속상관이었다.

그렇기에 평소의 습관에 대해 아주 잘 알고 있었다. 그것들을 아주 자세히 메모하여 현수에게 보냈다.

조금이라도 도움을 주기 위한 것이다. 혹시라도 무시할까 싶어 겉봉에 '필승 비결' 이라 쓴 것이다.

그중 하나는 에단 듀크 후작은 선공하는 법이 없다는 것이다. 상대의 움직임을 살펴 허점이 발견되면 그때야 핵심을 찔러 제압하곤 했다.

가장 잘 쓰는 마법은 에어 캐논과 라이트닝 샤워이다.

에어 캐논으로 상대로 하여금 당황케 한 후 벼락을 한 다발 선사하여 잡는다는 것이다.

그리고 가끔 안티 매직필드를 쓰기도 한다는 것이 메모의 내용이었다. 이를 숙지하고 대결에 임했기에 실수 없이 승리를 취한 것이다.

내일은 누가 상대가 될지 결정되지 않았다. 아침에 넷이 모여 제비뽑기를 하기로 한 때문이다.

따라서 누군지 모를 상대를 대상으로 한 작전을 짜야 한다. 물론 7서클 이내의 마법이어야 한다.

"끄응! 이 짓도 쉬운 게 아니군."

나직이 투덜거린 현수는 이실리프 마법서를 꺼내놓고 연구를 시작했다. 아주 기발해야 한다는 것이 전제이다.

*　　　*　　　*

"네 분, 이제 제비뽑기를 하여 누구와 대결할지를 결정해야 합니다. 그전에 어떤 순서로 뽑을 건지 정해주십시오."

대결 진행자의 말에 네 명의 공작 후보는 서로의 눈치를 살핀다. 상대에 따라 승패가 달라질 수 있기 때문이다.

"케리 브랜들린 후작님, 연장자이시니 한 말씀 하시죠."

"…그냥 사회자가 눈을 감고 하나씩 뽑아서 주는 게 좋을 것 같네."

"찬성합니다."

"저도 찬성합니다."

넷 중 셋이 찬성의 뜻을 밝힌다. 현수는 고개를 끄덕여 동의해 주었다.

"자, 그럼 제가 제비를 뽑아서 나눠드리겠습니다. 잘 아시겠지만 저도 어떤 게 어떤 건지 모릅니다."

말을 마친 진행자는 두 눈을 질끈 감았다. 추호의 조작도 없음을 확인시켜 주기 위함이다.

그리곤 제비를 뽑아 각자에게 나눠 주었다.

"자, 그럼 이제 펼쳐보십시오."

진행자의 말에 따라 제비를 펼쳐본 후보자들은 의미 있는 눈빛을 보낸다. 안도의 빛을 띠는 눈빛도 있고, 체념의 눈빛도 있으며, 해볼 만하다는 눈빛도 있다.

"다 보셨으면 제게 보여주시겠습니까?"

진행자의 말에 따라 각자가 받은 제비를 펼쳐서 보여주었다. 현수는 케리 브래들린 후작과 짝지어졌다.

나머지 둘은 서로를 바라보며 눈빛을 빛낸다. 하나는 안도의 빛을 띠고 있고 다른 하나는 해볼 만하다는 눈빛이다.

"이제 상대가 정해졌습니다. 이의 없으시죠?"

"나는 포기하겠네."

"네?"

느닷없는 발언에 진행자의 눈이 커진다. 한 번만 더 이기면 공작이 되어 넓은 영지를 갖게 된다. 그런데 9부 능선을 넘었음에도 포기한다는 발언을 하니 놀란 것이다.

"나는 어제 너무 기력을 소모해서 도저히 대결에 임할 상황이 아니네. 따라서 최종 대결을 기권하네."

"케리 브랜들린 후작님, 진심이십니까?"

"그렇다네. 너무 지쳐서 대결에 임할 수 없네. 핫산 브리프 후작, 감축하네. 진심으로 탄복하는 자네이기에 흔쾌한 마음으로 기권을 결정할 수 있었네."

"……!"

현수는 뭐라 대꾸하지 않았다. 고맙다는 말을 하기엔 조금 이상한 분위기이기 때문이다.

그렇다 하며 가만히 있을 수는 없다.

"부디 쾌차하시길 바랍니다. 마나가 모두 소진되면 몸살이 심하다고 합니다."

"알고 있네. 어린 시절에 겪어보았지. 그래서 기권하는 것이네. 지금 내 몸은 마나 몸살을 앓기 일보 직전일세. 충분히 쉬면 낫겠지. 아무튼 감축하네."

"네, 후의에 감사드립니다."

현수는 짐짓 공손히 예를 갖췄다.

같은 순간, 서로 대결하게 된 두 명의 후작은 자신들의 상대로 현수가 뽑히지 않은 것에 대해 안도하고 있다.

대하기 너무도 껄끄러운 것이다.

블링크와 아공간 마법만으로 9서클 마스터를 농락했다.

오늘은 또 어떤 수법을 준비했는지 몰라도 당하는 사람 입장에선 평생의 치욕이 될 수도 있다. 그렇기에 핫산 브리프가 대결 상대가 되지 않기를 바라면서 이 자리에 왔다.

"자, 이제 상대가 결정되었습니다. 제가 먼저 대결장에 올라 대진표를 공표한 뒤 호명토록 하겠습니다. 그때 나와 주시기 바랍니다. 그럼!"

진행자가 나가고 얼마 지나지 않아 두 명의 후작이 나갔다. 잠시 환호성이 울려 퍼지더니 격렬한 격돌음이 들려온다.

약 한 시간 후 치열하던 공방전이 끝났다. 그리고 승자 발표가 이루어졌다. 이때 또 한 번 환호성이 터져 나왔다.

잠시 장내를 정리할 시간이 지나자 대결 진행자가 나선다.

"자, 이제 영주 선발대회 공작위 도전자들의 최종 대결만을 남겨놓고 있습니다. 최종전은 케리 브랜들린 후작님과 핫산 브리프 후작님의 대결입니다."

"와와와와와! 와와와와!"

관중석이 또 들끓는다. 기적의 사나이, 불가능을 가능케 한 사나이가 등장하기 때문이다.

진행자는 잠시 관중들의 이런 모습을 보고 있다.

"자, 곧 있을 경기에 앞서 두 분 후작님 중 누가 승리할 것인지에 대한 내기 돈을 걸 시간입니다."

"와글와글! 와글와글! 와글와글!"

진행자의 말이 떨어지기 무섭게 엄청 시끄러워진다.

"난 핫산 브리프 후작님의 승리에 100골드!"

"나는 케리 브랜들린 후작님에게 50골드!"

"난 핫산 300골드!"

"무슨 소리! 니들 감히 9서클 마스터를 동네북으로 생각하는 거야? 나는 케리 500골드!"

"나도 케리 1,000골드!"

여기저기에서 누구에게 돈을 얼마나 걸 건지로 몹시 소란스러웠다. 이때였다.

"모두 조용—!"

느닷없는 진행자의 고함에 다들 시선을 돌린다.

"오늘의 최종 대결은 케리 브랜들린 후작님께서 기권하셨습니다. 따라서 규칙에 따라 핫산 브리프 님께서 새로운 공작님이 되십니다."

"뭐라고? 누가 어쨌다고? 야, 어제 30만 골드나 잃었어. 그저껜 20만 골드를 잃었고. 그래서 오늘은 핫산 브리프 님에게 60만 골드를 걸려고 하는데 뭐라고? 누가 기권을 해?"

"맞아, 기권이 어디 있어? 무조건 붙어야지. 나도 핫산 브리프 님에게 20만 골드나 걸었다."

"나도 그래! 핫산 님에게 15,000골드 걸려고 고리대금업자로부터 돈까지 빌려왔어. 하루 이자가 얼만지 알아?"

"그래, 네가 고리대금업자를 알아? 얼마나 후안무치한지 이름이 샤일록(Shylock)이야. 부끄러움 따위는 꽉 걸어 잠갔다는 뜻이지."

관중석이 소란스러워진다. 이에 진행자는 잠시 묵묵부답으로 서 있다. 그렇게 약간의 시간이 흐르자 약간 조용해진다. 때는 이때다 싶었는지 다시 말을 꺼낸다.

"이것으로 제12회 영주 선발대회를 마칩니다. 잠시 후, 신임 공작께서 미녀들을 고르겠습니다."

"와아아아! 와아아아!"

거대한 함성이 대결장을 뒤흔든다. 절세미녀들을 누가 차지하는지 궁금하기 때문이다.

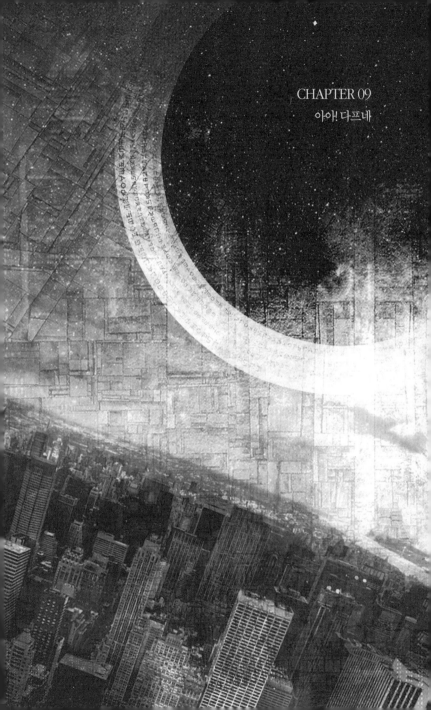

CHAPTER 09
아아! 다프네

"자, 그럼 미녀들, 입장해 주십시오."

진행자의 말이 떨어지기 무섭게 164명의 미녀가 저마다의 고운 자태를 뽐내며 입장한다.

미녀들은 미리 준비된 곳에 나란히 도열하였다. 얼굴과 몸매를 같이 확인할 수 있도록 지그재그로 배치되어 있다.

"먼저 공작위가 결정된 두 분부터 모시도록 하겠습니다. 핫산 브리프 님, 그리고 라인리히 후마네 님 나오십시오."

진행자의 호명에 따라 승자 대기석에 있던 현수와 라인리히 후마네 공작 예정자가 걸어 나왔다.

"와아아아! 와아아아아!"

관중들은 일제히 기립하여 새로 공작이 될 둘을 위해 함성을 지른다. 물론 핫산 브리프를 바라보는 이가 더 많다.

로렌카 제국 역사상 최초로 7서클 유저가 공작위 결정전을 통과했다. 핫산은 남작위부터 시작하여 자작위, 백작위, 그리고 후작위까지 통과한 후 공작위에 도전했다.

전무후무한 일이다. 그렇기에 모처럼 한마음으로 이처럼 열렬한 환호를 보내는 것이다.

중세의 한반도에도 이런 기막힌 기록을 세운 인물이 있다.

조선시대의 관리 등용문인 과거는 현대의 사법고시에 비견될 만큼 어려운 시험이었다. 그런데 이 시험에 아홉 번 응시하여 아홉 번 모두 장원급제한 인물이 있다.

28명의 조선의 왕 중 가장 무능했다는 평가를 받는 14대 임금 선조 때의 한 문신(文臣)이다.

10만 양병설을 주장한 율곡 이이가 그 장본인이다. 하여 구도 장원공(九度壯元公)이란 칭호를 받았다. 조선의 역사 가운데 어느 누구도 재현해 버지 못한 일이다.

핫산 브리프가 이루어낸 기적은 가히 율곡 이이의 그것과 같다. 불가능에 가까운 일이기 때문이다.

"와아아! 핫산! 핫산! 핫산!"

모두가 열렬히 환호한다.

귀빈석의 황태자는 만면에 미소를 띠고 있다. 핫산 브리프가 공작위를 차지하게 됨으로써 영도력이 증명된 때문이다.

귀빈석 한편에 앉은 드마인 백작과 싸미라 역시 상기된 표정이다. 한 사람은 공작을 사위로 맞이했고, 다른 하나는 이제 남편이 공작위에 오르게 되었다.

곧 거대한 영지를 받게 될 것이다. 그 결과는 평생을 호의호식하며 떵떵거리는 것이다.

그러니 어찌 상기된 표정이 아닐 수 있겠는가!

그러는 한편 멍한 표정으로 현수를 바라보는 눈길도 있다. 라트보라 남작이다. 설마 현수가 공작위까지 차지할 것이라곤 상상치도 못했다.

남작위가 결정되었을 때엔 자작위에 도전하지 말기를 바랐고, 자작위가 결정된 뒤엔 백작위 도전을 포기하길 바랐다.

백작위까지 얻게 되자 은근 후작위가 탐났지만 너무도 위험했다. 분에 넘치는 욕심을 부리다간 목숨을 잃을 수 있기에 내심은 후작위 도전을 포기하길 바랐다.

그런데 그마저 이루어냈다. 당연히 가슴이 벅차오른다. 마치 본인이 후작위에 곧 오를 것만 같은 기분이다.

그리고 곧 공작위 도전을 포기했으면 했다.

그러면서도 0.1%의 가능성을 믿었기에 옛 상사인 에단 듀크 공작의 습성을 서찰로 보냈다.

오늘이 마지막 대결이었다. 이기면 공작이고 지면 사망일 확률이 매우 높다. 그런데 상대가 기권하였다.

어제 치러진 대결의 후유증 때문에 운신조차 어렵다니 그럴 만하다.

어쨌거나 반 로렌카 전선의 소개로 온 핫산 브리프가 로렌카 제국의 공작위에 오르게 되었다. 믿어지지 않는 일이다. 하여 멍한 표정으로 바라보고 있는 것이다.

"이제 곧 미녀 선택이 시작됩니다. 핫산 브리프 공작님, 그리고 라인리히 후마네 공작님, 나오셔서 누가 먼저 선택하실 건지 제비를 뽑아주십시오."

진행자는 어서 나오라는 눈빛이다. 이때 라인리히 후마네 공작 예정자가 입을 연다.

"핫산 브리프 공작 예정자가 먼저 뽑도록 양보하겠네."

"네? 아, 그렇습니까? 좋습니다. 그럼 핫산 브리프 공작 예정자님 먼저 미녀를 선택하여 주십시오. 규칙에 따라 네 명까지 가능합니다."

현수는 알았다는 뜻으로 고개를 까닥였다. 이제 곧 공작이니 아무에게나 고개를 숙여선 안 되기 때문이다.

천천히 미녀들이 도열해 있는 앞으로 다가갔다.

'후와! 세상은 넓고 미녀들은 널렸다더니 정말이네.'

정말 모두가 아름답다.

얼굴과 몸매 모두 빼어난데 하나같이 생글거리고 있다. 자신을 뽑아 공작부인으로 만들어달라는 뜻이다.

현수는 신중히 고르는 모습을 보이려 일부러 1번부터 차례로 용모 및 몸매, 눈빛 등을 살피는 척했다.

순서에 따라 끝까지 모두 살피곤 진행자가 있는 곳으로 되돌아왔다.

"선택하셨습니까?"

"그러하네."

"좋습니다. 번호를 말씀해 주십시오."

"161번, 162번, 163번, 그리고 164번을 택하겠네."

현수의 말이 끝나자 일제히 환호성이 터져 나온다.

"와아아아! 최고 미녀들은 모두 뽑았다! 와아아아!"

"그러게. 다들 끝장나는 미녀야."

"제기랄! 디따 부럽네!"

"그러게. 저런 미녀들을 넷이나……."

"넷이 아니야. 첫째부인인 드마인 백작가의 미녀 싸미라 있잖아. 그녀까지 합치면 다섯이야."

"우와! 공작, 진짜 할 만하네. 나 10년 후엔 공작위에 도전하련다."

"미친! 겨우 3서클 유저인데 10년 후에 9서클 마스터들이나 도전하는 공작위를 차지하겠다고?"

"그러게. 분수를 알아야지."

"바보! 핫산 브리프 님이 9서클 마스터냐?"

"끄응! 할 말이 없네. 그럼 나도 10년 후 공작위에 도전한다. 혹시 아냐? 나도 핫산 브리프 님처럼 될지."

"에구! 죽지나 마라, 이 정신병자들아."

관중석에서는 부럽다는 탄성 속에서 이런 대화가 오간다.

현수가 선택한 161번은 뉴질랜드 출신 수퍼모델 스텔라 맥스웰(Stella Maxwell)과 비슷한 분위기의 은발 미녀이다.

아르센 대륙 테이란 왕국 후작의 딸이라 한다.

162번은 남아프리카 공화국 출신 모델 캔디스 스와네포엘(Candice Swanepoel)과 흡사한데 별빛이라는 뜻의 스타르라이트라는 이름을 가진 아르센 출신 미녀이다.

163번은 헝가리의 여신이라 불리는 바바라 팔빈(Barbara Palvin)처럼 생긴 아르센 대륙 도델 왕국의 공주 아만다 프러페 반 도델이다.

마지막 164번은 설명이 필요 없는 다프네이다.

이들 넷은 정말 발군의 미모를 자랑하고 있다.

현수가 다프네의 앞에 섰을 때 다프네는 고개를 숙이고 있다. 아무도 자신을 선택해 주지 않기를 바라는 때문이다.

어쨌든 현수는 본래의 목적을 이제 거의 다 이루었다. 다프네만 돌려받으면 곧장 헤르마로 텔레포트한 뒤 블랙일 아일랜드를 거쳐 아르센 대륙으로 돌아갈 생각이다.

기회가 되면 황태자를 만나 아르센에 대한 야욕을 영원히 갖지 말라고 권유할 것이다.

말을 안 들으면 시쳇말로 깽판을 한번 칠 생각도 있다. 그간 굽실거린 게 억울해서이다.

그리고 보니 해결할 일이 하나 더 있다.

아드리안 왕국이 공국이던 오랜 옛날에 7서클 마스터가 영광의 마탑주이던 시절이 있었다.

그런데 어느 날 어쎄신의 공격을 받아 사망했다. 그때 7서클 마법서가 모두 사라졌다.

그 후 영광의 마탑은 6서클 마법사가 마탑주였다. 7서클 이상의 마법서가 없었기 때문이다. 하여 현재의 마탑주인 로만 커크랜드도 6서클 유저이다.

이 이야기는 카트린느 조세핀 반 피리안으로부터 들은 이야기이고 사실이다. (→ 전능의 팔찌 18권)

참고로 카트린느는 아드리안 공국의 변경백인 레더포드 아물린 반 피리안 백작의 손녀이다.

이 영지의 명칭은 아드리안 멀린 반 나이젤이 난동을 부리던 광룡을 죽인 것을 기리는 의미에서 만들어졌다.

'아드리안을 위하여' 라는 뜻을 가진 피어 아드리안(Fur Adrian)을 줄여 피리안(Furian)이라 한 것이다.

아르센력으로 지난해 9월 12일, 현수는 라이세뮤리안과 더불어 미판테 왕국을 지나 아드리안 공국에 당도했다.

공국의 위기를 해결해 주기 위한 행보였다.

당시 현수는 소드 마스터인 코리아 제국의 백작 행세를 했고, 라세안은 수석호위 겸 영지 기사단장 역할을 맡았다.

하룻밤 피리안 영지에서 머문 뒤 수도 멀린으로 가려 하자 레더포드 백작은 손녀로 하여금 안내를 맡도록 했다.

소드 마스터 초입인 백작에게 대련을 통해 작은 깨달음을 준 것에 대한 고마움 때문이다.

그리고 윤작과 휴경농법, 두엄과 퇴비 제조법, 그리고 살균 작용을 하는 목초액 만드는 법 등을 전수해 준 것이 너무도 고마워서이다.

그때 수도로 가는 동안 카트린느는 영광의 마탑주가 오래전에 암살된 이야기를 했다.

그런데 마탑주를 살해하고 마법서를 강탈해 간 자가 누구인지를 알게 되었다.

이는 아르센에서는 어느 누구도 모르는 일이다. 현수가 이를 알게 된 곳은 황태자 전용 서고이다.

약 300년 전, 로렌카 제국 초대 공작이던 알리와 케인은 다른 대륙이 있음을 걸고 내기를 한 바 있다.

그때 알리 공작은 수십 번의 텔레포트 끝에 블랙일 아일랜드의 존재를 알게 되었다.

그리고 그곳에서 실시한 수백 번의 텔레포트 끝에 우연히 아드리안 공국 최남단에 위치한 항구도시 콘트라를 방문하게 되었다.

그때 알리 공작은 용병으로 신분을 위장한 뒤 대륙을 횡행하면서 안전좌표들을 수집했다.

그러는 동안 아드리안 공국을 지나 미판테 왕국을 방문했고, 이어서 테리안 왕국과 브론테 왕국 또한 가보았다.

그렇게 10년을 돌아다닌 알리 공작은 마인트 대륙으로 복귀했다. 그리곤 내기의 결과를 증명하여 케인 공작으로부터 황금 10톤을 받아냈다.

그때 알리 공작은 자신의 공적을 문서로 남겼다.

그 증거로 영광의 마탑에서 가져온 7서클 마법서들을 황실에 넘겼다. 이것의 표지엔 알리 공작의 공적이 기록되어 있었고, 시일이 흐른 뒤 황태자 전용 서고로 보내졌다.

그저께 밤, 그러니까 공작위 결정전을 하루 앞둔 날이다.

현수는 황태자 전용 서고로 들어갔다. 마법서에서 승리를 취할 힌트를 얻으려는 의도였다. 그런데 세 명의 공작 후보자가 연명으로 불평등을 호소했다.

황태자는 이를 일리 있다 판단하여 현수로 하여금 전용 서고에서 나오도록 했다.

현수가 그곳에 머문 시간은 약 30분이다. 그런데 그때 알리 공작이 가져온 것을 보았다. 정말 우연한 일이다.

마인트 대륙과 아르센 대륙은 오랫동안 교류가 없었다. 그래서 음식, 복식, 언어 등등이 완전히 다르다.

그런데 이상하게도 마법만은 유사성이 많았다.

대체 어찌 된 영문인지 몹시 궁금했는데 알리 공작이 영광의 마탑주를 죽이고 강탈해 온 7서클 마법서들을 보고 나서 깨닫게 되었다.

마인트 대륙의 마법은 원래 뛰어났다. 그렇기에 9서클 마스터들을 배출할 수 있었다. 그런데 여기에 아르센의 마법 이론이 추가되었다.

다른 각도에서 마나에 접근한 이것이 있었기에 마인트 대륙의 마법은 더욱 발전했다.

그 결과가 9서클 마법사가 우글우글한 것이다.

아무튼 이곳을 떠나기 전에 가능하다면 알리 공작가를 찾아갈 예정이다.

아드리안 왕국에 소재한 영광의 마탑은 이실리프 마탑을 추종하여 건립된 것이다. 그런 영광의 마탑에 난입하여 마탑주를 암살하고 마법서들을 강탈해 갔다.

마탑주로서 그것에 대한 적절한 응징을 가함이 마땅했다.

현재 영광의 마탑에서 잃어버린 7서클 마법서들은 모두 회수되어 아공간에 담겨 있다. 돌아가는 즉시 돌려줄 것이다.

현수가 이런저런 생각을 하는 동안 라인리히 후마네 공작 예정자 역시 네 명의 여인을 선택했다.

공정한 제비뽑기를 통해 미녀 선택권을 먼저 가질 수 있었음에도 라인리히 후마네가 양보한 것은 몇 가지 이유 때문이다.

첫째는 정치적인 것이다.

핫산 브리프는 황태자의 관심을 한 몸에 받고 있다.

곧 실세가 될 것이 분명하다. 이런 사람이 호감을 갖고 있다면 결코 손해 볼 일이 아니다.

둘째는 신체적인 것이다.

라인리히 후마네는 올해 135세이다.

겉모습은 30대로 보이지만 속은 늙었다.

생식 능력을 잃은 건 아니지만 색(色)에 대한 호기심은 완전히 사라진 나이이다.

여자들이 아름다움을 유지하는 기간은 불과 몇 년이다. 그 기간만 지나면 시든 꽃처럼 보일 뿐이다.

라인리히 후마네는 그 몇 년을 위해 정치적인 이득을 포기할 만큼 어리석지 않았다. 그렇기에 과감하게 선택권을 현수에게 양보한 것이다.

그렇다 하여 아무 여인이나 고른 것은 아니다.

1번부터 160번의 여인 가운데 자신의 눈에 차는 미녀들을 골라냈다.

그중에는 낮에는 유명 모델로, 밤에는 프로그래머로 활동하고 있는 미국 뉴저지 출신 린제이 스콧(Lyndsey Scott) 같은 여인이 끼어 있다.

뿐만 아니라 카리브해의 아름다운 섬 마르티니크 출신의 완벽한 미녀 코라 엠마누엘(Cora Emmanuel) 같은 분위기를 내는 미녀도 있다.

다프네에 비하면 약간 손색이 있을 뿐 절세미녀인 것만은 분명하다. 이만하면 체면도 차리고 실리도 얻은 셈이다.

"다음은 후작 예정자들 순서입니다. 최종 승자들께서는 나와 주십시오."

진행자의 말이 떨어지자 후작 예정자들이 나온다. 그중엔 홀리오 고드니 백작이 끼어 있다.

현수에게 겁먹고 마지막 순간에 기권했다.

그런데 현수가 공작위를 차지하면서 후작위가 비게 되자 그에게 배정되었다. 전화위복인 상황이다.

후작위 결정전에서 현수를 만났을 때는 절망했다.

도저히 이길 자신이 없었던 것이다. 하여 대결을 포기했는데 최종 대결에서 패하지 않은 유일한 도전자인지라 운 좋게 후작에 오르게 된 것이다.

"순서에 따라 제비뽑기를 하고……."

진행자가 안내하는 대로 제비뽑기에 이은 미녀 선택의 시간이 있었다. 모두들 누가 어떤 미녀를 데려갈 것인지 바라보느라 여념이 없다.

＊　　　＊　　　＊

"공작님, 선택하신 미녀들을 작위식이 거행된 직후 다시 보시게 될 겁니다."

현수의 안내를 맡은 황실 시종은 지극히 공손하다. 하긴 이제 곧 권력의 실세가 될 사람이다.

당연히 극고의 예를 취함이 마땅하다.

"그런가? 작위식은 언제이지?"

"공작님의 첫 예복은 황궁 예복부에서 제작됩니다. 치수를 재고 재단을 하는 등의 일에 꼬박 이틀이 걸립니다."

"흠! 그럼 앞으로 3일 후에 작위식을 하는 건가?"

"그러합니다. 잠시 후 치수를 재러 시녀들이 들어올 것입니다. 예복이 다 만들어지면 공작님께서 머무시는 곳으로 보내집니다. 혹시 드마인 백작가에 머무실 것인지요?"

오늘을 포함하여 사흘을 그곳에서 보내고 나흘째 되는 날 황궁으로 들어가 작위식을 하게 된다.

그 기간 동안 싸미라가 귀찮게 할 듯싶다. 전혀 원치 않는 일이다.

"흐음, 거기 말고 따로 숙박할 만한 곳은 없나?"

"현재 수도의 모든 숙박업소는 만원이라 합니다. 설사 있다 하더라도 공작님께서 머무실 만한 곳은 없습니다."

"공작이 되면 황궁에서 며칠을 보내야 한다고 들었네."

황실 시종은 예법을 훤히 꿰뚫고 있는지 잠시도 지체하지 않고 대꾸한다.

"그건 작위식을 마친 뒤의 일입니다."

"그럼 그전엔 황궁에 못 들어가나?"

"외람된 말씀이지만 신원조회를 마칠 때까지는 출입을 금하게 되어 있습니다."

"흐음! 그런가? 알았네. 예복은 드마인 백작자로 보내면 되네."

"네, 그럼 앞으로 3일 후 아침까지 드마인 백작가로 예복과 마차를 보내드리도록 하겠습니다."

"알겠네."

황실 시종이 물러간 후 현수는 턱을 괴었다. 드마인 백작가로 들어가고 싶은 마음이 없기 때문이다.

대대손손 흥청망청 써도 다 못 쓸 만큼 엄청난 액수를 안겼으니 다프네만 데리고 사라져도 원망이 크지는 않을 것이다. 그러니 이제 슬슬 인연을 끊어야 한다.

'흐음! 라트보라 남작을 찾아가야겠군.'

"공작님, 잠시 후 영지 결정을 위한 제비뽑기가 실시됩니다. 가시지요."

"허엄! 그럴까?"

현수는 황궁 시종의 뒤를 따라 대결장으로 되돌아갔다. 어느새 제비뽑기를 실시하기 위한 만반의 준비가 갖춰져 있다.

대결 진행자가 이번에도 진행을 맡았는지 현수를 보자 직각으로 허리를 꺾는다.

"어서 오십시오, 핫산 브리프 공작님!"

아직 작위식이 거행되지 않아 공작 예정자라 부르는 것이 마땅하다. 하나 그것은 요식행위일 뿐이다. 하여 대놓고 공작이라 칭하는 것이다.

"아! 라인리히 후마네 공작님도 나오시는군요. 두 분, 이쪽으로 오시지요."

진행자의 안내를 받아 단상에 오르니 흰 천을 덮은 탁자 위에 식당에서 사용하는 수저통 같은 것 하나가 덩그러니 놓여 있다. 통 안에는 손가락 굵기 정도 되는 황금 막대 두 개가 꽂혀 있다.

"눈에 보이는 저 황금 막대 아래엔 두 분께서 영주가 되실 영지의 이름이 음각되어 있습니다. 참고로 뽑으시는 것을 갖게 되는 겁니다. 어느 분이 먼저 뽑으시겠습니까?"

진행자의 말이 끝나기가 무섭게 현수가 입을 연다.

"미녀 선택권을 양보받았으니 영지 선택권은 제가 양보하지요. 라인리히 후마네 공작님이 먼저 뽑으십시오."

다프네는 반드시 얻어야 할 여인이지만 로렌카 제국의 영지는 관심 없다. 그렇기에 짐짓 양보한 것이다.

"허험, 그럼 내가 먼저 뽑지."

말을 마친 라인리히 후마네 공작은 두 개의 황금 막대 중 하나를 뽑아 들었다.

*   *   *

"엥? 이건 또 뭐야?"

황궁 예복부에서 온 시녀가 치수를 재고 돌아가자마자 현수는 라트보라 남작의 저택을 찾았다.

그런데 가던 걸음을 멈춰야 했다. 제국의 특수첩보단 소속 마법사들이 저택을 겹겹이 에워싸고 있기 때문이다.

이건 무슨 상황인가 싶어 바라보고 있는데 후미에 있던 마법사가 예리한 눈빛을 빛내며 다가온다.

"멈춰라! 너는 누구냐?"

"......!"

현수가 대꾸를 하지 않자 이내 싸늘한 표정을 짓는다.

"수상하군. 신분증 제시! 나는 특수첩보단 소속이다."

곧이어 다른 단원들까지 현수를 에워싼다. 아주 날랜 몸놀림이다. 마법사라곤 생각할 수 없을 정도이다.

"못 들었는가? 신분증을 제시하라! 우린 제국의 특수첩보단원들이다!"

"......!"

현수는 잠시 지구를 떠올렸다.

쥐꼬리만 한 권력이 허가되었음에도 그것이 마치 무소불위인 양 거들먹거리는 자들이 있다. 경찰, 검찰, 법원, 국정원, 헌병대, 기무사 등등에 소속된 자 가운데 일부이다.

권력에 빌붙어 사는 하이에나 같은 녀석들은 뇌물과 부당한 억압, 부정부패 등과 연관이 있다.

2013년에 개봉된 영화 '변호인' 에 등장하는 경감 차동영, 검사 강형철, 판사 이석주 같은 놈들이다.

아울러 차 경감의 지시를 받아 박진우를 무자비하게 고문한 형사들도 마찬가지이다.

이런 자들은 새치 뽑듯 뽑아 제거하는 것이 건강한 사회를 만드는 첩경이다. 그리고 뽑은 새치는 그냥 버릴 것이 아니라 활활 타오르는 불속에 넣는 것이 좋다.

잠깐 찌지직거리는 소리와 단백질 타는 냄새야 나겠지만 확실하게 제거되어 다시는 사회악이 될 수 없기 때문이다.

보아하니 제국 특수첩보단원들도 그들과 유사한 듯싶다.

권력이 조금 있다 하여 아무나 불심검문을 하는데 너무도 위압적이다.

"이 자식은 뭐야? 귓구멍이 막혔어?"

"그러게. 신분증 제시하라 했다. 어서!"

"야야, 놔두고 그냥 제압해. 저런 놈은 끌려가서 치도곤을 당해봐야 정신을 하려."

현수는 자신을 에워싸는 특수첩보단원들의 면면을 살폈다. 드마인 백작을 대할 때완 달리 위화감이 느껴진 때문이다.

'뭐지? 아!'

특수첩보단원들의 몸에선 흑마법의 기운이 강하게 느껴진다. 심장의 서클 수를 확인해 보니 다들 4서클, 혹은 5서클 마법사이다.

'흐음! 4서클 이상이면 흑마법의 기운이 강해지는 모양이군. 근데 왜 그러지?'

특수첩보단원들에게 주어진 임무는 두 가지이다. 하나는

거수자를 찾아내고 제거하는 일이다.

다른 하나는 시신을 이용한 비밀병기의 관리이다.

모종의 장소에서 제작되고 있는 말해 구울, 좀비, 스켈레톤, 데스 나이트 등과 관련이 있다.

이 과정에서 사악함에 물들게 된다.

갓 죽은 시신의 살을 이용해 요리를 만들어 먹거나 집단 시간 등을 행하면서 자연스레 몸에 밴다.

그렇기에 이처럼 죽음의 기운이 넘실대는 것이다.

"이놈 봐라? 신분증 내놓으라는 말 못 들었냐?"

"야, 묻지 말고 그냥 체포해! 끌고 가서 두들겨 패면 다 불게 되어 있잖아!"

"크흐흐! 오랜만에 고문의 향기를 느끼게 되는 건가?"

특수첩보단원들은 현수를 둥글게 포위했다. 그리곤 서서히 포위망을 좁힌다. 희번덕거리는 눈빛을 보니 광기마저 느껴진다. 곧 있을 고문을 생각하면 희열이 느껴지는 모양이다.

"덮쳐!"

"윈드 커터! 윈드 스피어! 록 버스터! 인페르노!"

저마다 자신 있는 마법을 구현시키는 데 조금의 인정도 없다. 다시 말해 무자비함이 느껴진다.

이때 현수의 입술이 달싹인다.

"멀티 스토리지!"

"헛! 허헉! 크윽! 아악! 이건 뭐야? 으윽! 커헉!"

삽시간에 주위 20m가 텅 비어버린다. 바닥의 돌까지 모두 아공간으로 빨려들었기 때문이다.

"앗! 뭐야?"

멀찌감치 떨어져 있던 자들의 입에서 경악성이 터져 나온다. 약 30명의 동료가 순식간에 사라진 때문이다.

우르르르—!

라트보라 남작의 저택을 에워싸고 있던 특수첩보단원 중 일부가 몰려와 재차 포위망을 구축한다.

현수를 적이라 판단한 것이다.

"누구냐! 정체를 밝혀라!"

"신분증! 신분증을 제시해!"

방금 전 아공간에 넣은 녀석들과 조금도 다를 바 없다. 현수는 잠시 묵묵부답하며 서 있다. 잠시 후 다시 30명이 공격을 퍼붓는다. 그 순간 그들 역시 아공간에 담아버렸다.

"허억!"

뒤쪽에 있던 자들은 보았다. 정체불명인 자의 주변에서 포위망을 구축하고 있던 동료 전부가 시커먼 아공간으로 빨려드는 것을.

"누, 누구십니까?"

4~5서클 동료 마법사들을 한꺼번에 30명이나 아공간에

담을 실력을 가졌다면 최하가 7서클이다.

그렇기에 조금 전과 달리 존댓말을 쓴다. 마법의 제국답게 서클 수가 곧 계급인 사회이기 때문이다.

현수는 다시금 자신을 에워싸는 특수첩보단원들의 면면을 살폈다. 이들마저 아공간에 넣으면 저택을 포위하고 있는 자들 거의 전부를 제거하게 된다.

CHAPTER 10
이러지 말라니까

전능의팔찌

THE OMNIPOTENT
BRACELET

라트보라 남작이 저택 내부에 있는지의 여부는 알 수 없지만 이들을 제거하면 안전할 것이다.

하지만 그럴 수는 없다.

시비가 벌어진 것은 사실이지만 일반인이 아닌 특수첩보단원이라는 신분을 가진 자들이기 때문이다.

자칫 수사를 방해했다는 말을 들을 수 있다. 곧 떠나야 하는데 시끄러운 일이 벌어지는 것은 좋지 않았다.

"말씀해 주십시오. 누구십니까?"

"자네들 소속은?"

"제국 특수첩보단 소속 제7연대입니다."

"자네들의 지휘관은?"

"하빈 시베른 백작이십니다."

특수첩보단원들은 대답을 하면서도 예리한 시선으로 현수의 위아래를 살핀다. 겉보기엔 너무도 평범하기 때문이다.

이는 현수가 기세를 모두 감추고 있기 때문이다.

"하빈 백작이 특수첩보단을 총괄하나?"

갑자기 현수의 몸으로부터 카리스마가 뿜어지자 단원들의 표정이 급변한다. 만만히 대할 상대가 아님을 느낀 것이다.

"…그건 아닙니다. 7연대 연대장님이십니다."

"그럼 특수첩보단은 누가 총괄하지?"

"에, 에단 듀크 후작님이십니다."

"죽음의 신이라 불리는 그 에단 듀크 후작?"

"네!"

특수첩보단은 에단 듀크 후작님을 호칭하면서도 끝에 님 자를 붙이지 않자 긴장했다. 잘못 건드린 것이 분명하기 때문이다.

"가서 하빈 백작더러 이곳으로 오라 하라. 나는 핫산 브리프 공작이다."

"허억—!"

"네에?"

모두들 대경실색하며 물러선다. 영주 선발대회가 탄생시킨 최고의 영웅을 포위하고 공격한 때문이다.

특수첩보단원들은 하빈 시베른 백작의 명을 받아 대회 기간 동안 졸린 조랑말의 발굽에서 일어난 붕괴를 조사했다.

하여 한 명도 영주 선발대회를 구경하지 못했다. 그래서 모두들 입이 댓 발씩은 튀어나와 있었다. 그 좋은 광경을 갑자기 생긴 임무 때문에 구경조차 못한 때문이다.

하긴 30년에 한 번 있는 대축제에서 본인들만 빠졌을 뿐만 아니라 무너져 내린 통로로 내려가 삽질하며 보냈다.

그 결과 라트보라 남작의 저택까지 조사하게 되었다. 대회 구경을 못한 분노를 담아 체포만 하면 무자비한 고문을 가할 생각이었다. 그런데 수상한 자가 나타났다.

신분증을 요구했지만 얼른 대답을 하지 않자 공격했고, 그 결과 단원 60명이 아공간 속으로 빨려들었다.

보아하니 살려줄 마음이 없는 듯하다. 하지만 감히 항의할 수는 없다. 하늘보다도 높은 공작님이기 때문이다.

"어서!"

"조, 존명!"

단원 중 하나가 후다닥 튀어간다. 현수는 라트보라 남작의 저택을 스캔해 보았다.

'흐음! 개미 한 마리 없군. 그럼 여기선 못 머물겠네. 주인도 없고 특수첩보단원들이 주시하고 있으니. 끄응!

무려 700㎞나 되는 드넓은 수도에 머물 곳이라곤 드마인 백작가뿐인 것이 마음에 들지 않는다.

대결도 끝났으니 지하 연공실을 쓴다는 명분도 없다. 꼼짝없이 백작가의 어느 침실로 안내될 것이다.

그리고 깊은 밤이 되면 기다렸다는 듯 야시시한 의복만 걸친 싸미라가 육탄 공세를 벌일 것이다. 황태자가 하사한 미녀 넷 때문이다.

먼저 일을 벌이지 않으면 자칫 정실 자리를 잃을 수도 있음에 위기의식을 느낀 것이다.

잠시 시간이 흘렀다. 10분이 넘었으니 아공간의 녀석들은 모조리 숨이 끊어지고도 남을 시간이다.

멀리서 뚱뚱한 인물 하나가 헐레벌떡 달려온다. 그리곤 당도하자마자 거친 숨을 몰아쉬며 차렷 자세를 취한다.

"헉헉! 헉헉헉! 하빈 시베른 백작, 공작님의 부르심을 받아왔습니다."

"일단 호흡부터 고르게."

"네, 공작님의 배려에 깊은 감사를 드립니다."

하빈 시베른 백작은 영주 선발대회를 참관했다. 부하들에게 임무를 하달하고 본인은 한가롭게 구경한 것이다.

그렇다 하여 모든 대결을 본 것은 아니다. 백작위를 결정하는 대결 이상만 본 것이다.

당연히 핫산 브리프의 대결도 모두 보았다.

그 과정에서 상당히 많은 돈을 잃었다. 번번이 다른 상대에게 걸었다가 모조리 날려 버린 것이다.

특수첩보단 제7연대장의 자리에 8년간 앉아 있으면서 받아 챙긴 뇌물 액수 전부를 잃은 것이다.

속이 쓰렸지만 어디다 대고 하소연조차 할 수 없는 일이라 끙끙대고 있었다.

그 분풀이는 모조리 부하들에게 향했다. 하여 하루 종일 라트보라 남작의 저택을 포위하고 있도록 했다.

자신이 당도할 때까지 경거망동하지 말 것이며, 포위망 또한 풀지 말라고 했다. 자신이 현장에 당도하면 그때 지시하여 간세 일당을 체포하겠다는 것이다.

그래 놓고는 애첩과 질펀한 시간을 보냈다. 그리고 느긋하게 식사까지 하고 쉬고 있는데 부하 가운데 하나가 후다닥 달려와 보고했다.

라트보라 남작의 저택 인근에서 시비가 벌어졌는데 단원 60명이 사라졌다는 말에 버럭 소리를 질렀다.

"내가 뭐라고 그랬어? 경거망동하지 말라고 했잖아!"

"그, 그게… 신분증을 요구해도 내놓지 않아 또 다른 거수자인 줄 알고 동료들이 공격했던 겁니다."

"그래서? 그 작자는 잡았어?"

백작은 나른하던 기분이 확 틀어지는 느낌이었다.

"아, 아닙니다."

"그럼 뭐야?"

"그, 그분께서 연대장님을 오라고 하셨습니다."

"뭐, 그분? 그리고 나더러 오라고? 어떤 시러배 잡놈이 감히 백작인 내게 오라 가라 하는 거야?"

"그, 그게… 핫산 브리프 공작님이십니다."

"뭐, 뭐라고? 하, 핫산 브리프 공작님?"

백작의 눈에선 눈알이 튀어나오려 한다. 그리고 목젖이 보일 정도로 입을 딱 벌린다. 너무도 놀란 탓이다.

"저, 저희가 공작님인 걸 모르고 실수했습니다."

"실수? 끄응! 이런 빌어먹을 놈들 같으니."

백작은 나직한 침음을 토했다.

자신이 부리는 부하들이 곧 권력의 실세가 될 하늘같은 공작님을 불쾌하게 했다.

이는 본인의 출셋길에 엄청난 지장을 초래할 수도 있는 일이다. 그렇기에 두말 않고 헐레벌떡 달려온 것이다.

"하빈 시베른 백작, 백작은 부하들을 어떻게 가르치기에 이토록 무례한가?"

"죄, 죄송합니다."

하빈 시베른 백작은 7서클 마스터를 넘어선 8서클 유저이다. 반면 핫산 브리프는 7서클 유저로 소문나 있다.

그런데 몸에서 뿜어지는 위압감이 감히 어쩌지 못할 정도이다. 그렇기에 벌벌 떤다.

이를 본 특수첩보단 7연대 대원들은 한여름임에도 오한이라도 느껴지는 듯 부르르 떨고 있다.

전신을 휩쓸고 지나가는 싸늘한 전율 때문이다.

"제국을 위해 중요한 일을 하는 건 이해한다. 하지만 이처럼 무례하게 하는 건 용납할 수 없다."

"며, 명심하겠습니다."

하빈 시베른 백작은 연신 고개를 조아린다.

현수는 말없이 아공간을 열어 안에 있는 놈들을 꺼내놓았다. 정확히 63명이다. 그리고 모두 시체이다.

살아 있을 때 무례히 군 것에 대한 대가이다.

"모두 죽었군."

"다, 당연합니다. 하늘같으신 공작님께 무례를 범한 죄는 죽음으로 다스리는 것이 당연한 일이옵니다."

하빈 시베른 백작은 부하들의 죽음 따윈 안중에도 없다.

핫산 브리프 공작은 자신의 직속상관인 에단 듀크 후작도 아공간에 담았다가 꺼낸 인물이다.

따라서 아무리 벌벌 기어도 아무런 처벌도 받지 않음을 알기에 이처럼 도에 넘는 저자세를 취하는 것이다.

"다음부터는 이런 일이 내 눈에 띄지 않기를 바라네."

"무, 물론입니다. 그리고 감사합니다."

하빈 시베른 백작은 얼른 허리를 꺾어 사의를 표한다. 자신마저 처벌당하면 어쩌나 했던 것이다.

"이만 가지."

"네! 그, 그럼 안녕히 가십시오."

현수는 할 수 없이 드마인 백작가로 방향을 잡았다.

이제 곧 밤이 될 터인데 비루먹은 망아지처럼 이리저리 돌아다니다가 늦게 가는 것도 실례이기 때문이다.

"뭣들 하나? 이 시체, 어서 치워!"

"네, 대장님!"

특수첩보단원들은 직각으로 허리를 꺾었다. 상사의 심기가 몹시 불편함을 알기에 알아서 기는 것이다.

"이것들을 어디로 보내는지는 알지?"

"네! 구울 제작소로 곧장 보내겠습니다."

"하나는 빼두는 거 잊지 마라. 참, 마빈이 좋을 것이다."

마빈은 7연대 소속 마법사 중 가장 뚱뚱한 녀석이다. 죽었으니 두툼한 뱃살을 베어 구워 먹으려는 것이다.

"스턴과 호딘은 저희가… 해도 괜찮겠습니까?"

마빈보다는 못하지만 근육보다는 살이 많은 녀석들이다.

죽은 동료를 구워 먹겠다는 것이다.

"좋아, 허락하지. 다 먹고 아무 데나 버리지 말고 스켈레톤 제작소로 보내는 거 잊지 마라."

"네, 대장님. 참, 대장님, 생고기는 사흘쯤 저온 숙성시키는 것이 가장 맛있다는 보고가 있었습니다."

특수첩보단원들은 신 나서 시체들을 수습했다. 오늘 밤 모처럼의 회식을 허락받은 게 기분 좋아서이다.

"그래? 어느 정도지?"

하빈 시베른 백작은 흥미 있다는 표정으로 바라본다.

지난해부터 생고기 숙성에 대한 실험이 계속되었음을 알기 때문이다. 실험에 사용된 고기는 맥마흔에서 사망한 사람들의 시신에서 얻어냈다.

어떻게 하면 더 맛있는 인육 요리를 만들 수 있을까 생각하여 실시된 일이다.

하여 별 방법을 다 써봤다. 시신에서 떼어낸 살덩이를 물에 담가두기도 했고 술 속에 넣어도 보았다.

살을 떼어내기 전에 전신의 뼈가 부러질 정도로 두들겨 패보기도 했다. 또한 살을 떼어내기 전에 뜨거운 물속에 넣어 삶기도 했다.

인간이 상상할 수 있는 온갖 방법을 다 실험한 결과가 엊그제 발표되었다. 사람이 죽으면 그 즉시 살을 베어내 3일간 저온 보관을 하는 것이다.

구웠을 때 육질이 부드럽고 육즙을 그대로 느낄 수 있다. 지금 이걸 보고하는 것이다.

"실험 결과에 의하면 약 3℃ 정도가 좋답니다. 사흘쯤 숙성시키면 더 고소하고 부드러운 맛을 느끼게 된답니다."

"그래? 알았다."

하빈 시베른 백작은 고개를 끄덕인다. 그리곤 자신의 저택으로 되돌아갔다. 숙성실을 준비하려는 것이다.

특수첩보단 연대장 직을 유지하는 한 고기는 얼마든지 얻을 수 있다. 수도에서 발생되는 시신에 대한 관할권을 가진 때문이다.

사내보다는 계집의 고기가 더 연하고 부드럽다는 건 이미 알고 있다. 그것도 늙은 계집보다는 젊고 싱싱한 계집의 그것이 훨씬 낫다.

하여 가끔은 사창가를 덮쳐 젊은 계집들을 데리고 왔다. 혐의야 코에 걸면 코걸이고 귀에 걸면 귀고리니 얼마든지 연행이 가능하다.

데려다 실컷 즐긴 후 때려잡았다. 죽기 전에 두들긴 고기가 맛있다는 속설이 있기 때문이다. 그리곤 술을 곁들여 안주 삼아 먹곤 했다.

"허험! 허허험!"

하빈 시베른 백작은 낮은 헛기침을 토하곤 자신의 자택으로 향했다. 그를 바라보는 눈길이 있다.

이들의 대화를 들은 현수이다.

아까지만 해도 자신의 명에 따라 일희일비하던 부하의 고기를 구워 먹겠다는 놈의 심보가 이해되지 않는다.

나머지 놈들도 마찬가지이다. 동료의 죽음에 애도를 표하는 게 아니라 회식할 생각만 하고 있다.

"하긴 흑마법사들이니……."

생각 같아선 모조리 아공간에 넣고 싶지만 괜한 분란을 일으켜선 안 된다.

가장 중요한 일은 다프네를 데리고 이곳을 벗어나는 것이며, 다음은 오늘부터 사흘간 싸미라의 육탄 공세를 방어하는 것이다.

"어서 오시게."

현수가 들어서자 드마인 백작은 자리에서 벌떡 일어난다. 자신보다 높은 공작으로 확정되어서가 아니다.

어쩌면 현수 덕분에 헐값에 처분한 영지를 되살 수 있을 것 같아서이다. 그러기 위해선 현수 덕에 마련된 거금에 대한 사용을 승낙받아야 한다.

신랑이 신부의 예물을 사라고 준 돈이라고 하지만 너무나 액수가 크기에 백작이지만 감당할 수 없는 것이다.

"그렇지 않아도 상의할 일이 있네. 바쁘지 않으면 잠시 이야기 좀 나누세."

백작과 공작이지만 이곳은 백작의 저택이고 현재 둘은 장인과 사위의 관계인지라 말을 낮추는 것이다.

공석에선 당연히 높임말을 써야 한다.

"아, 그렇습니까? 그럼 말씀하시지요."

대화가 길수록 좋은 상황이기에 얼른 의자에 앉는다.

"우리 가문의 6대 조상께서 노름빚 때문에 영지를 헐값에 처분했다는 이야기는 들었는가?"

"네, 싸미라가 말해주더군요. 사기도박이었고, 그래서 가문의 몰락이 시작되었다고요."

"그래, 그랬지. 근데 그때 처분한 그 영지를 되찾을 수 있을 것 같아서 그러는데 공작이 좀 도와주시게."

"제가요?"

무슨 소리냐는 표정을 지었다. 아직 아무런 실권도 없는 예비 공작에 불과하기 때문이다.

"우리 영지는 전임 재상이신 알폰소 공작님의 공작령과 인접해 있었네. 현재는 윈스턴 공작님의 사위인 터번스 백작이 차지하고 있지."

라인리히 후마네 공작에게 영지를 먼저 선택할 수 있는 권

한을 주었다. 그 결과 현수가 차지한 영지가 바로 전임 재상
이던 알폰소 공작령이다.

"……!"

현수는 윈스턴 공작이나 터번스 백작에 대해 아는 바가 전
혀 없다. 하여 뭐라 대꾸하지 않았다.

"터번스 백작에게 선을 대어 영지를 되팔라 하였는데 너무
터무니없는 액수를 부르네. 중재 좀 해주시게."

"얼마에 팔았고 얼마를 달라고 합니까?"

"6대 조상께서 매각한 금액은 400만 골드라네. 정말 헐값
이었지. 하여 나는 700만 골드를 제시했네. 그런데 2,000만
골드를 요구하더군."

700만 골드라면 약 7조 원이다. 2,000만 골드는 당연히 20조
원이다.

마인트 대륙은 농업이 기반인 곳이다. 그렇기에 서울처럼
땅값이 비쌀 수 없고 시세 변동도 거의 없다.

영지 안에서 영주의 허가를 받아 토지를 매매할 수는 있지
만 그렇게 비싸지는 않을 것이다.

드마인 백작이 제시한 금액은 터번스 백작령에서 평민들
에게 토지를 팔 때 부르는 금액의 약 1.3배이다.

매각된 영지는 약 40만㎢이다. 약 121억 평이다. 드마인 백
작이 제시한 금액은 평당 약 579원이다.

부동산 가격이 비싸기로 이름난 대한민국에도 평당 1,000원 이하인 땅이 있다.

지난 2013년에 충청북도 영동군 심천면 명도리 임야 26,700평이 2,670만 원에 거래되었다.

도로에 접한 '농업진흥구역'이다. 다시 말해 농사를 지을 수 있는 땅이 평당 1,000원에 거래된 것이다.

2015년 3월 기준 부동산 자료를 검색해 보면 경상북도 김천시 대항면 대성리의 어느 토지는 평당 462원이었다.

마인트 대륙엔 부동산 투기라는 것이 존재하지 않는다. 그러니 드마인 백작이 제시한 금액은 터무니없지 않다.

값이 있을 수 없는 절벽이나 산꼭대기, 하천 등을 망라한 평균 금액이기 때문이다.

게다가 드마인 백작가의 예전 영지엔 질 좋은 철광이 있었다. 그것 하나만으로도 백작가의 살림을 풍족하게 유지시킬 정도로 생산량이 많던 광산이다.

그런데 현재는 폐광되어 있다. 부존(富存)되어 있던 철광석 전부를 캐버린 때문이다. 이 밖에 동광도 두 개나 있었는데 그것 역시 폐광 직전이다.

윤작이나 휴경의 개념이 없는 곳이기에 농지의 지력은 떨어질 대로 떨어진 상태이다. 드마인 백작의 6대 조상이 팔았을 때에 비하면 형편없어진 것이다.

터번스 백작의 6대 조상은 사기도박으로 드마인 백작의 6대 조상을 곤경에 처하게 했다. 그리곤 사채업자들이 연체된 채무자들에게 하는 짓을 그대로 했다.

빠져나갈 수 없는 코너로 몰아 결국 헐값에 영지를 팔게 만든 것이다. 그렇게 하여 영지를 차지한 뒤엔 최우선적으로 모든 지하자원을 캐갔다.

그걸 적정한 가격을 지불할 테니 다시 팔라고 하자 말도 안되는 금액을 부른 것이다.

참고로 영지 매각은 황제, 또는 황태자의 윤허가 필요하다. 아울러 한번 매매된 영지는 다시 매매될 수 없다.

대한민국의 부동산 투기꾼들이 써먹던 미등기전매[7]가 완전히 금지되어 있는 것이다.

다만 예전의 주인이 되살 수는 있다. 특정 귀족가가 무한정 커지는 것을 막기 위한 제국의 법이다.

드마인 백작이 생각하기에 핫산 브리프는 권력의 중심에 설 인물이다. 따라서 터번스 백작에게 적절한 압박을 가할 수 있기에 이런 요청을 한 것이다.

"일단은 한번 알아보도록 하죠."

말은 이렇게 했지만 실제로 무얼 할 생각은 없다. 곧 떠날 생각이기 때문이다. 이런 속내를 모르기에 드마인 백작은 한

---

7) 미등기전매(未登記轉賣) : 부동산 거래에서 등기를 하지 않은 채 다른 사람에게 되파는 행위로 세금 포탈 방법 중의 하나.

시름 놓았다는 듯 한숨을 몰아쉰다.

"휴우! 정말 고맙네."

드마인은 사랑하는 딸 싸미라를 내주기는 했지만 너무나 큰 혜택을 입는 것이 부담스러웠다.

하여 쓰라고 준 돈을 모두 돌려주겠다고 했다.

그런데 돈을 돌려주기는커녕 터번스 백작을 압박해 달라는 청까지 넣었다. 아직 정식으로 사위가 된 것도 아닌데 너무나 과한 부탁이다.

그럼에도 얼굴에 철판을 깐 것은 가문의 후세를 생각해서이다. 조상으로서 가난을 물려주고 싶지 않은 것이다.

핫산 브리프 공작은 전임 재상인 알폰소 공작의 저택과 영지를 물려받았다. 아마 그에 걸맞은 권력 또한 쥐게 될 것이다.

그 결과 계속해서 재물이 쌓일 것이다. 일가붙이 하나 없는 혈혈단신이니 돈 쓸 일이 없어서이다. 하여 반환하기로 마음먹은 돈으로 영지를 되찾으려는 것이다.

훗날 영지가 어느 정도 자리 잡히면 그때 조금씩이라도 상환하여 입은 은혜를 잊지 말라 유언을 남길 생각이다.

"하지만 너무 큰 기대는 하지 마십시오. 실제로 땅값이 그렇게 비싸다면 압력을 행사하는 것밖에 안 되니까요."

"그럼, 그럼. 그렇다면 당연히 그렇지. 이제 막 권력의 중심으로 들어가는데 우리 가문이 누가 되면 안 되지. 그때는 내가 깨끗이 포기하겠네. 그러니 일단 알아만 봐주시게."

"알겠습니다."

고개를 끄덕인 현수는 저택 이 층에 준비된 침실로 향했다. 부속실이 있어 문을 열어보니 욕실이다. 수욕을 할 수 있도록 물통 가득 물이 담겨 있다.

나름대로 치장을 한다곤 했지만 모든 것이 워낙 낡아서 그런지 시골 여인숙에 들어온 기분이다.

"워싱! 클린! 워싱! 클린!"

먼지와 찌든 때를 제거하는 사이 벽 틈에 있던 벌레들이 튀어나온다. 상당히 많다. 노래기, 거미, 지네 등등이다.

"끄응!"

지구인인 현수는 이런 곤충들과 같은 방을 쓰고 싶은 마음이 없다. 하여 창틈과 문틈을 메우고 연막탄을 터뜨렸다.

두 시간은 기다려야 하기에 바깥으로 나왔다. 싸미라는 어디에 갔는지 코빼기도 보이지 않는다. 다행한 일이다.

저택을 나와 시가지로 향했다. 드마인 백작으로부터 들은 터번스 백작에 관해 알아볼 요량이다.

'칼날 끝의 인생 Tavern'

현수의 눈에 뜨인 간판이다. 펍과 여관을 같이 운영한다는 뜻일 것이다.

삐이꺽—!

"와글와글, 와글와글, 왁자지껄, 구시렁구시렁⋯⋯."

제법 넓은 실내엔 약 30개의 테이블이 있다. 그런데 전 좌석 만원이다.

딱 하나 빈 게 있는데 정중앙에 있으며 다른 테이블과 달리 레이스 달린 보로 덮여 있고 꽃을 꽂은 화병도 있다.

그러고 보니 이런 테이블은 두 개나 더 있고, 손님들이 차 있다. 선택의 여지가 없으므로 빈 테이블로 향했다.

"어서 옵셔! 근데 자리가⋯⋯. 아, 저기 앉으시려구요? 귀족이시군요. 제가 안내하겠습니다요."

다소 경망스런 안내를 받으며 테이블로 향했다.

"헤헤! 뭘 드릴깝쇼?"

"글쎄? 이 집은 뭘 잘하지? 제일 잘하는 걸로 가져오게. 라덴주라고 혹시 있나?"

"아이고, 그럼요. 당연히 있습죠. 잠시만 기다려 주십시오. 휑하니 다녀오겠습니다요."

상당히 유쾌해 보이는 청년이다.

이때 문득 주변의 대화가 들린다.

"캬아! 그때 그걸 봤어야 하는데, 아깝다 아까워!"

"그래, 이제 세상은 둘로 나뉘게 될 거야."

"둘? 황태자님의 눈에 든 사람과 아닌 사람으로?"

"아니. 그 대결을 본 사람과 못 본 사람으로."

"뭔 소리야, 그게?"

누군가 고함을 지르자 주변 테이블이 잠시 조용해진다.

"핫산 브리프 공작님께서 9서클 마스터인 에단 듀크 제국 특수첩보단장님과 붙었던 경기 말이네."

"아, 그거?"

"그럼, 그럼! 정말 대단하셨지. 내 생전에 겨우 블링크와 아공간 마법으로 9서클 마법사를 그렇게 단숨에 제압하는 건 처음이었네."

"쩝! 난 그때 20골드나 잃었어."

"나는 30골드. 그래서 마누라한테서 쫓겨났잖아."

"끄응! 그건 나도 그래. 이제 집에 오지 말래."

주객들은 금방 또 소란스러워진다. 그런 사이에 제법 먹음직한 오리구이와 라렌주가 세팅되었다.

근데 거의 칠면조만 한 오리이다.

"수고했다."

현수가 1골드짜리 지폐를 주자 청년의 눈은 대번에 커진다. 서빙 한 번 하고 100만 원을 팁으로 받았으니 어찌 안 그렇겠는가!

어차피 이곳을 뜨면 쓸 일이 없으니 잡히는 대로 준 게 1골드인 것이다.

"고맙습니다요. 정말 고맙습니다요."

이마가 땅에 닿을 정도로 굽실거리곤 후다닥 물러난다. 혹여 잘못 주었다면서 되돌려 달라고 할까 두려운 모양이다.

"근데 핫산 브리프 공작님은……."

"내가 말이야, 그때 핫산 공작님을 봤는데……."

"핫산 공작님이 미녀들을 고를 때……."

귀에 들리는 소리 모두 자신에 관한 것이라 쓴웃음이 나온다. 침소봉대되어 마법의 신이 될 판이기 때문이다.

"근데 말이야, 다프네라고, 맨 마지막에 나온 미녀 있잖아. 정말 끝내주지 않냐?"

"아! 그녀가 한 번만이라도 날 바라봐 줬으면……."

"내 눈엔 여신으로 보였다, 여신으로!"

"그녀를 마음대로 끌어안고 살 수 있는 핫산 공작님이 너무나 부럽다. 안 그러냐?"

"하나뿐이냐? 네 명이나 더 있잖아. 핫산 공작님은 전생에 신이었나 봐. 안 그러면 어떻게 그런 미녀를 다섯씩이나 차지해? 안 그래?"

"맞다, 맞아."

잠시 다프네로 옮겨간 화제가 다시 핫산에게로 되돌아온다. 선술집에서 정보를 얻으려던 계획은 실패인 듯하다.

하여 대강 먹고 자리에서 일어서려는데 다가서는 사내가 있다.

CHAPTER 11
빌어먹을 놈이네

"저… 제가 합석해도 되겠습니까?"

시선을 들던 현수는 화들짝 놀랐다.

"아! 그럼요. 앉아요."

현수의 맞은편에 앉은 이는 라트보라 남작이다. 그런데 평상시 모습이 아니라 몹시 늙은 노인으로 변장하고 있다.

하나 눈매가 익어 알아본 것이다.

처음엔 라트보라 남작의 부친으로 착각했다. 그렇기에 놀란 표정을 지은 것이다. 남작 본인이라 확인한 것은 목과 손의 주름이 적음을 보고 나서이다.

"먼저 감축드립니다."

"감축은 무슨, 그럴 일이 아니잖아요."

"그래도요. 대결을 보면서 전 정말 크게 감탄했습니다. 정말 정말 대단하십니다."

라트보라 남작의 이 말은 진심이다.

대결을 시작하기 전부터 손에 땀을 쥐었다. 현수가 이기길 바라는 마음이 있어서이다.

그런데 연달아 최고위 마법사들로부터 승리를 쟁취했다.

전혀 예상치 못한 마법의 조합이었기에 같은 마법사로서 진심으로 존경하게 된 것이다.

"공작위를 받으면 어쩌시려구요?"

"내가 원하는 바를 이루려면 공작위가 필요했습니다. 그러니 내가 원하는 걸 해야지요."

"그리곤요?"

"일단은 그게 전부입니다."

"혹여 저희를 도와주실 수는 없는지요?"

아주 민감한 이야기이기에 현수는 잠시 말을 끊었다.

"그건 생각해 볼 일입니다. 하지만 내 생각과 접점이 있으니 제가 도울 수 있을 수도 있습니다."

"아, 감사합니다."

라트보라 남작은 현수는 보며 진심으로 탄복의 빛을 떠올린다. 젊어 보이지만 존경스러운 것이다.

"참, 뭣 좀 묻고 싶은데, 어디 조용한 곳 없을까요?"

"나가시죠. 제가 모시겠습니다."

라트보라 남작이 현수를 데리고 간 곳은 특수첩보단원들이 에워싸고 있던 바로 그곳 인근이다.

길 건너 뒷집이니 상대의 허를 찌른 셈이다.

"아까도 여기에 있었습니까?"

"네, 짐을 풀고 있었지요. 그러다 공작님을 뵈었습니다."

"그렇군요."

현수와 라트보라 남작은 탁자를 사이에 두고 마주 앉았다.

"제게 하실 말씀이 있으신지요?"

"우선 두 가지가 궁금합니다. 첫째는 로렌카 제국 건국 초기에 존재하던 알리 공작에 대한 것을 알고 싶습니다."

영광의 마탑주를 살해하고 마법서를 훔쳐 간 놈이니 그 후손이라도 족치려는 의도이다.

라트보라 남작은 서가에 꽂혀 있는 책 한 권을 뽑아온다.

"알리 공작은 황제를 도와 건국의 기틀을 잡은 인물입니다. 그 공을 인정받아 나중엔 재상을 역임했지요. 이건 알리 공작의 자서전입니다."

"아! 그렇습니까? 그럼 잠시……."

"네, 저도 짐을 풀다 말았으니 조금 있다 오겠습니다."

마음 편하게 자서전을 읽으라는 뜻이다.

현수는 첫 페이지를 넘겼다.

로렌카 제국력 31년 7월!

나는 새로운 대륙을 발견하였다.

아르센이라 불리는 그곳은 우리 마인트 대륙과는 많은 면에서
달랐다. 나는 그곳을 10여 년간… 〈중략〉.

제국은 이제 내가 바라던 흑마법사의 나라가 되었다. 나는 그
간의 삶을 정리하며 이 자서전을 쓴다.

제국력 127년 8월의 마지막 날

알리 브앙카 공작

"알리 브앙카? 흐음! 죽일 놈이군."

남긴 자서선을 보면 영광의 마탑주를 죽이는 일만 한 게 아
니다. 용병으로 신분을 위장하곤 약 10년간 아르센 대륙을 횡
행했는데 그러는 동안 많은 만행을 저질렀다.

그중 하나는 여러 왕국의 왕비와 왕자비들을 겁탈한 것이
다. 그 나라의 국왕, 또는 왕세자의 얼굴로 변장한 뒤 저지른
일이다. 자서전엔 장차 자신의 후손들이 아르센에서 두루 번
성하길 바라는 뜻에서 그랬다고 기록했다.

두 번째 만행은 아르센 대륙의 여러 마탑에 잠입하여 마법

서들을 변조했다는 것이다. 이로 인해 아르센 대륙의 마법은 더 이상 진보를 할 수 없었다.

알리 공작이 방문할 수 없던 이실리프 마탑만이 놈의 마수에서 아무런 해를 입지 않은 것이다.

어쩌면 그때 이실리프 마탑의 멀린과 조우했다면 알리 공작은 죽임을 당했을 것이다. 멀린이 더 강했고 흑마법사라면 이를 가는 사람이기 때문이다.

그랬다면 로렌카 제국은 지금처럼 번영하기 힘들었을 것이다. 조직적인 반발에 직면해 있는 시기였기 때문이다.

그리고 다프네가 이곳까지 끌려오는 일도 없었을 것이다. 아르센 대륙의 존재를 어느 누구도 알지 못했기 때문이다.

세 번째 만행은 수없이 많은 사람을 죽여 키메라로 만들려 했다는 것이다. 아르센 대륙에서만 약 30,000여 명의 사람을 희생시켰다.

그러고도 일체의 반성하는 마음이 없는 개 같은 놈이다.

"진짜 빌어먹을 놈이었군."

알리 브앙카 공작의 자서전을 모두 읽은 현수는 몇몇 빌어먹을 놈을 상기해 보았다.

자원외교 한다며 엄청난 액수의 국고를 손실시키면서도 무려 300억 원이나 되는 정부 보조금을 횡령하는 데 가담한 놈들이 있다.

가난을 증명하면 무상으로 급식을 준다는 놈도 있고, 나라 빚을 엄청나게 늘려놓고도 본인은 잘한 것만 있다고 우기는 개만도 못한 놈도 있다.

즉시 잡아서 개 패듯 패고 싶은 마음이 저절로 이는 후안무치한 인간들이다.

알리 브앙카 공작도 그중 하나이다. 그런데 뒈진 지 오래되었다. 무덤을 파서 해골을 부수는 건 보복도 아니다.

하여 현수는 후손들을 찾아 대가 끊기도록 해야겠다고 마음먹었다. 한 짓을 보니 도저히 가만있을 수 없기 때문이다.

"흐음! 알리 브앙카 이 개 같은 놈의 후손들은 대체 어떤 놈들일까?"

현수가 나직이 중얼거릴 때 라트보라 남작이 들어선다.

"감축의 의미로 주안을 준비했습니다. 한잔하시지요."

"좋지요."

기분이 상한 것은 상한 것이고, 둘은 주거니 받거니 하며 잔을 비웠다. 이내 술이 떨어지자 아공간에서 맥주를 꺼냈다.

파스타치오와 마카다미아, 그리고 쥐치포이다.

라트보라 남작은 쥐치포에 꽂힌 듯 쉬지 않고 먹어댄다.

바다에서 너무 멀리 떨어져 있기에 수도지만 소금이 귀한 때문이다.

"라트보라 남작님."

"아이고, 말씀 낮추십시오. 공작님이시잖습니까."

반 로렌카 전선 소속이면서도 원수 같은 제국의 작위를 이야기하니 아이러니하지만 그러려니 했다. 거의 30년간 끊은 술을 마시기에 금방 취기가 오른 탓이다.

"혹시나 해서 묻는 건데, 알리 브앙카 공작의 후손들에 대해 알 수 있을까요?"

"알리 브앙카 공작이요? 그럼요!"

아직까지 대를 이어오는 모양이다.

"직계는 물론이고 방계까지 모두 알려주십시오."

"네, 내일 아침까지 서류로 작성하여 보내드리도록 하겠습니다. 그런데 그건 왜……?"

라트보라 남작은 기대에 찬 눈빛을 보내고 있다.

"알리 브앙카 공작이 저지른 일이 너무나 괘씸해서 그렇습니다. 하여 대를 끊어놓을 생각입니다."

"아, 그거 좋은 생각이십니다."

반 로렌카 전선 소속이기에 제국 귀족의 씨를 말리겠다는 말에 쌍수를 들어 환영한다는 제스처를 취한다.

"그나저나 술 더하시겠습니까?"

둘이 비운 12도짜리 라덴주 두 병과 3홉들이 맥주 여덟 병이다. 이 정도면 상당량이기에 물은 말이다.

"…그만하는 게 좋을 것 같습니다. 술을 마시니 긴장이 풀리는군요. 결코 좋지 않은 것 같습니다."

조심하는 것이 습관처럼 몸에 밴 듯 약간 취했음에도 라트 보라 남작은 흐트러진 모습을 보이려 하지 않는다.

"그럽시다."

"보고서는 내일 보내드리도록 하겠습니다."

명백한 축객령이기에 현수는 저택을 떠났다. 특수첩보단의 이목이 근처에 깔려 있는 상황이다.

핫산 브리프 공작이 곧 실세가 될 것이긴 하지만 반 로렌카 전선은 철저한 점조직을 원칙으로 한다. 그렇기에 무례인 줄 알면서도 가달라는 뜻을 표한 것이다.

"그나저나 여기 온 지 꽤 되었네."

지구에서 차원이동을 한 날짜는 아르센력 2월 24일이다. 그리고 오늘은 4월 27일이다.

벌써 두 달이 넘었다.

차원이동을 해도 예전의 시간으로 되돌아갈 수 없다. 이실 리프 마법서에 그렇게 기록되어 있다.

한 달이 넘으면 저쪽에서도 똑같이 시간이 흐른다고.

지구를 떠난 시간은 2015년 5월 15일이다. 따라서 돌아가면 7월 중순이 넘을 것이다.

"너무 오래 연락을 안 했다고 혹시 난리난 걸 아닐까?"

지현과 연희, 그리고 이리냐가 애를 태우고 있지 않을까 걱정된다. 그래도 어쩌겠는가!

차원이동을 해도 다프네를 아르센에 데려다 놓은 후에 해야 한다. 이제 이틀만 기다리면 된다.

어차피 늦었다. 그러니 조금만 더 참으면 된다.

"잘하고 있을까?"

자신이 보낸 메일을 보고 펄펄 뛰었겠지만 시킨 대로 킨샤사로 가서 이실리프 의료원 건설에 매진하고 있을 것이다.

"제수씨하고 빈관에서 행복한 신혼을 즐기고 있을까?"

민주영뿐만 아니라 이실리프 메디슨의 민윤서 사장도 떠오른다. 천지약품이 있기에 팡팡 잘 돌아갈 것이다.

"이춘만 사장님도 잘 계시겠지?"

어패럴의 박근홍 사장, 모터스의 박동현 대표, 엔진의 김형윤 대표, 트레이딩의 윌슨 카메론 대표 등도 승승장구하고 있을 것이 분명하다.

모두 채무 제로인 기업들이다. 그리고 자본이 필요하면 얼마든지 증자할 뒷돈도 챙겨놓고 왔다.

게다가 이 세상 어디에도 없는 유니크한 아이템이 있으니 망하거나 간신히 현상 유지를 하고 있다면 무능의 극치라 할만하다.

"남바린 엥흐바야르 전 대통령은 만났을까? 장인어른께도 말씀을 드렸어야 하는데."

이곳저곳에 벌여놓은 자치령 개발이 은근히 걱정된다.

시작만 해놓고 본격적으로 달려들어야 할 때 너무 오랜 시간을 비우고 있기 때문이다.

"그래도 할 수 없지. 일단 이곳의 일부터 어떻게 하고 되돌아가든지 해야지. 참, 로니안 공작님 일행이 라수스 협곡에 있겠구나. 그때가 2월이었는데."

아마 라수스 협곡 안에서 오도 가도 못하고 있을 것이다.

임시로 통행증을 만들어주긴 했지만 아직 라이세뮤리안이나 드래고니안들과 협의된 것이 아니다.

"쩝! 거기도 얼른 해결해 줘야 하는군."

지구와 아르센 대륙에 벌여놓은 일이 너무 많다 보니 제대로 챙기지 못하는 경우가 발생된다.

현수 본인에겐 큰일이 아닐 수 있지만 로니안 공작처럼 당사자가 되면 몹시 불편하거나 힘들 수 있다.

"아무튼 이틀만 기다리자. 그러면 나아질 거야."

지구로 가기 전에 할 일은 두 가지로 압축되었다.

먼저 다프네를 라수스 협곡에 데려다 준다. 그 후 로니안 공작 일행을 테세린까지 호송하는 것이다.

시간이 걸릴 일이지만 어쩌겠는가!

"쩝! 여기서 시간이 너무 많이 걸렸어. 썩을 놈들! 하필이면 다프네를……."

신임 공작이 되면 161번부터 164번까지 4명의 여인 중 최소 두 명은 뽑아야 한다는 규칙을 만든 때문에 지구를 다녀올 수 없었다.

남작, 자작, 백작, 후작위를 모두 확정 지은 후 공작위에 도전하라는 황태자의 말 때문이다.

"도와준 건 분명하지만 도와준 게 아닐 수도 있지. 쩝!"

나직이 혀를 찬 현수는 서둘러 드마인 백작가로 향했다. 제법 늦은 시각이었지만 거리엔 주정뱅이들로 넘쳐났다.

"어이! 거기! 꺽—! 돈 있음 좀 주슈! 한 잔 더 하게."

"크흐흐! 나도, 나도!"

쿵—! 콰당—!

어깨동무를 하고 오던 취객 둘이 나뒹군다. 상당히 세게 넘어졌지만 비명조차 지르지 않는다.

알코올이 마취제 역할을 할 정도로 마신 모양이다.

"쯧쯧쯧!"

나직이 혀를 차곤 걸음을 빨리했다. 술에 취해 눈에 뵈는 게 없는 놈들을 상대할 이유가 없기 때문이다.

"어서 오시어요, 부군."

예상대로 현관에 발을 들여놓자 이제나저제나 현수가 돌

아오기만을 기다리고 있던 싸미라가 쪼르르 다가온다.

그리곤 옷에 묻은 먼지를 털어준다며 현수의 몸 이곳저곳을 두드린다.

"작위식에 쓸 것들을 준비하느라 잠시 나갔었는데 어딜 다녀오세요? 크으! 술 냄새."

싸미라는 현수로부터 풍기는 술 냄새에 살짝 이맛살을 찌푸리며 코를 잡는다. 하나 그 시간은 길지 않았다.

"이렇게 술을 드실 거면 말씀을 하시죠. 제가 준비했을 텐데. 나가서 사 드신 거예요?"

"응, 그랬어."

"밖에서 사 먹는 음식은 깨끗한지 아닌지 구분도 안 되고 안 좋은 재료를 막 쓴다는 말이 있어요. 그러니 앞으로 술 드시고 싶을 때는 제게 말씀하세요."

"그래, 그럴게."

말대꾸하는 게 싫어 무조건 고개를 끄덕여 주었다.

"피곤하실 터이니 안에 들어가세요. 목욕물 준비해 놨는데 데우라고 할까요?"

"아냐. 목욕은 안 해도 돼."

현수의 말이 끝나기 무섭게 싸미라는 무슨 소리냐는 표정을 짓는다.

"부군, 씻는 건 매일매일 하라고 했어요. 그래야 병들지 않고 오래오래 산다고요."

"그건 나도 알지. 그런데 난 마법으로 씻을 수 있어. 그러니 앞으론 물 준비하지 않아도 돼."

"어머! 그래요? 그건 몰랐어요. 아무튼 안으로 드셔요. 피곤하시죠? 제가 안마 좀 해드릴까요?"

싸미라는 현수의 뒤를 쫓아 2층의 침실까지 따라왔다.

"싸미라, 나 조금 피곤한데……."

"네에, 그러니까 제가 안마해 드린다고요."

한번 믿어보라는 표정을 짓고 있지만 속내가 충분히 짐작된다. 작위식이 끝나 미녀 네 명을 하사받기 전에 무슨 일이 있어도 첫날밤을 치르려는 것이다. 그래야 떳떳하게 정실 자리를 주장할 수 있기 때문이다.

"아냐. 안마는 안 해줘도 돼. 그저 조용히 쉴 수 있게 해줬으면 좋겠어."

"…네에, 분부대로 할게요."

싸미라는 이내 고개를 끄덕이곤 물러간다. 웬일인가 싶지만 더 이상 생각하지 않기로 했다.

다프네와 어떤 경로로 탈출할 것인지 경우의 수를 생각해 둬야 하기 때문이다.

*　　　*　　　*

짹, 짹, 짹―!

이런저런 생각을 하고 있는데 날이 밝았다. 뜬눈으로 밤을 지새웠지만 강철 체력인지라 아무렇지도 않다.

"흐음! 날이 밝았군."

창밖 정원에 시선을 준 현수는 가만히 그 모습을 살펴보았다. 상당히 독특한 정원이기 때문이다.

지구로 치면 회양목[8] 같은 관상목이 뜰에 심어져 있는데 높이가 2.5m 정도 된다.

보통은 사람의 키보다 낮은 정원수를 심어 탁 트이게 만드는데 다소 기이하다.

게다가 일부러 줄지어 심은 듯하다. 하여 가만히 정원수를 따라 살펴보았다.

"응? 저건……?"

정원의 관상목들은 하나의 커다란 마법진을 구성하고 있는 것 같다.

지금은 중간중간에 길을 내느라 끊긴 상태라 효과가 없겠지만 온전했을 때엔 분명 마법이 구현되었을 것이다.

이 마법진의 명칭은 '마나결집억제진'이다. 다시 말해 마나가 모여드는 것을 막는 목적의 마법진이다.

---

8) 회양목 : 키 작은 상록성 활엽수. 7m 높이까지 자라는 것도 있다. 진해, 진통, 거풍의 약재로 사용된다.

아르센 대륙에서는 마물이 있는 것으로 의심되는 곳에 이 마법진을 설치했다. 마물들에 대한 사냥이 끝난 후엔 거의 사용할 곳이 없어 아는 이들이 극히 적은 마법진이다.

"가만. 저게 작동하려면 마나석이 있어야 하는데……. 흐음, 어디 보자. 진의 핵심이……."

눈으로 마법진의 핵심을 찾아 더듬어가니 정원에 조성되어 있는 여러 연못 중 하나에 다다른다.

다른 것들에 비해 상대적으로 규모가 작지만 주변에 꽃이 많이 심겨 있어 보기에 좋다.

"흐으음! 가만있을 수 없지."

현수 역시 마법사이다. 그렇기에 호기심이 돋으면 해결을 봐야 한다. 하여 얼른 자리를 털고 일어나 정원으로 내려갔다.

"여긴데……. 마나 디텍션!"

샤르르르룽—!

연못 속으로 마나가 스며든다. 지그시 눈을 감고 있던 현수는 아공간에서 긴 막대를 꺼냈다. 백두마트에서 사용하던 것으로 약 3m 정도 되는 사각 쇠파이프이다.

힘으로 끝부분을 펼쳐 모종삽처럼 만든 후 연못 속으로 밀어 넣었다. 이때 싸미라가 다가온다.

"어머! 아침부터 여기서 뭐 하세요?"

"잠깐만."

설명 대신 눈을 감고 연못 속 진흙에 정신을 집중했다.

이 연못은 인공적으로 조성한 것으로 구덩이를 넓고 깊게 판 후 바닥을 돌판으로 덮었다.

원형의 중심부는 다른 곳과 달리 약간 파이도록 만들었는데 그 안에 마법진을 구동시키는 마나석을 넣고 뚜껑을 만들어 덮은 듯하다.

현수는 쇠막대의 끝을 잘 조절하여 뚜껑부터 열어젖혔다. 그리곤 조심스레 휘저어 마나석을 찾았다.

싸미라는 아침 댓바람부터 물고기 한 마리 없는 연못은 왜 뒤지나 하는 표정으로 바라보고 있다. 그러는 동안 드마인 백작과 무하드, 토른, 셀마까지 나와서 구경한다.

물속이라 움직임이 여의치 않아 마나석을 모종삽처럼 구부린 것 위에 올려놓는 일이 쉽지 않았다.

하지만 그리 오랜 시간이 필요한 일은 아니다. 조심스레 쇠막대를 끌어냈다.

"……?"

모두들 막대 끝의 진흙 덩어리에 시선을 주고 있다. 세월이 오래 흐르면서 마나석을 진흙이 감싸고 있는 모습이다.

"역시!"

마나석엔 미량이지만 마나가 남아 있다. 현수는 고개를 끄덕이곤 허공으로 날아올랐다.

마법사의 제국인지라 플라이 마법에 놀라는 이는 없다. 다만 왜 이러나 싶은 표정이다.

허공으로 솟아오른 현수는 정원 전체를 조망해 보았다. 예상대로 마나결집억제진이 있었는데 현재는 훼손된 상태이다.

"부군, 아침부터 왜 그러시는지요?"

싸미라가 물었지만 현수는 드마인 백작에게 시선을 준다.

"백작님, 여쭤볼 말이 있습니다."

"말씀하시게."

"이 정원, 언제 누가 조성한 겁니까?"

"이거? 글쎄… 잘 모르겠군."

백작이 고개를 갸웃거린다. 태어나기 이전부터 이 정원은 존재했다. 그걸 언제 어떻게 만들었는지 누가 궁금해하겠는가! 그렇기에 전혀 모른다는 표정이다.

이때 싸미라가 한마디 거든다.

"아버지, 가주일기 있잖아요. 그걸 보면 혹시 알 수 있지 않을까요?"

"그래, 그걸 보면 알 수 있을지 모르겠네."

"그럼, 그걸 한번 살펴봐 주십시오."

"그런데 왜?"

백작을 비롯한 모두가 이상하다는 표정을 짓는다.

이 정원이 다소 독특하기는 하지만 빼어난 아름다움을 간직한 것도 아니고 기화이초가 심겨진 것도 아니다.

과실이 열리는 유실수 또한 하나도 없으니 이처럼 관심 가질 일이 아닌 때문이다.

"이 정원을 위에서 살펴보면 하나의 마법진을 이루고 있습니다. 마나결집억제진이지요."

"뭐, 뭐라고?"

"마나결집억제진이라면… 마나가 모여들기 어렵게 하는 마법진인 겁니까?"

싸미라의 동생 무하드의 물음이다.

"그래, 분명 마나결집억제진이야. 연못에서 꺼낸 이것은… 이건 마나석이야. 이 마법진의 핵심이지."

현수가 진흙을 떨어내자 주먹만 한 마나석이 드러난다.

"허어!"

"대체 누가……?"

둘 다 놀란 표정이다. 싸미라를 비롯한 토른과 셀마도 마찬가지이다.

"그걸 알고 싶은 겁니다. 가주일기라는 걸 봐주십시오."

"그, 그래, 그러지."

말을 마친 드마인 백작은 얼른 자신의 집무실로 향한다.

"아버지, 저도 도울게요."

"저도요."

무하드와 싸미라가 뒤를 따르자 토른과 셀마 역시 그 뒤를 따른다.

잠시 후, 가주 집무실엔 수십 권에 달하는 가주일기가 켜켜이 쌓였다. 선대 가주들이 시간 날 때마다 중요한 일을 기록한 것이 바로 가주일기이다.

후손들에게 조상의 삶을 보여주기 위한 배려이다. 아울러 가문의 역사를 생생하게 증언해 주는 증거자료이기도 하다.

드마인 백작과 무하드, 그리고 싸미라는 정신없이 가주일기를 뒤적인다. 상당히 양이 많아 언제 다 볼지 걱정이다.

"너무 양이 많은데 제가 살펴봐도 되겠습니까?"

"…응? 그, 그러게. 그래주면 우리야 고맙지."

드마인 백작이 고개를 끄덕이자 현수는 많은 가주일기 중 하나를 뽑아 들었다.

현 가주의 8대 조상이 남긴 것인데 가주가 된 이후의 삶이 기록되어 있다. 이때만 해도 상당히 부유한 영지를 가진 영주였기에 지금처럼 팍팍한 삶을 살지는 않았다.

일기엔 거의 두 달에 한 번 성대한 파티를 열어 인근 영지의 영주들과 친분을 나눈 이야기가 쓰여 있다.

현수는 계속해서 여러 일기를 살폈다. 그러다 아주 낡은 것을 보게 되었다.

초대 가주가 남긴 것이다. 다음은 그중 일부이다.

로렌카력 2년 7월 3일.

알리 브앙카 공작이 가문의 저택을 짓는 데 보태 쓰라며 10,000골드를 보내주었다. 나는 케리 본이치 공작 사람인데 이상한 일이다.

로렌카력 2년 8월 6일.

드디어 주춧돌을 놓았다. 이제 우리 가문의 시작이다. 정말 기념할 만한 날이다.

로렌카력 4년 11월 26일.

저택이 곧 완공될 것 같다. 후손 100대까지 지금의 영광이 이어지기를 간절히 기원한다.

로렌카력 4년 12월 5일.

드디어 저택이 완공되었다. 이제 외부에 담장을 두르고 정원만 조성하면 된다.

로렌카력 4년 12월 7일.

알리 브앙카 공작이 저택 완공 소식을 듣고 구경하려 오셨다. 잘 지어진 건물이라며 칭찬하셨다.

저녁 식사를 할 때 우리 가문에 대한 알리 브앙카 공작가의 호의라며 정원을 조성해 주겠다는 제안을 하셨다.

고마운 일이다. 요즘 케리 본이치 공작과 약간 소원해졌는데 나를 자기 사람으로 만들려는 의도인 듯싶다.

그래도 나는 케리 본이치 공작을 배반하지 않을 것이다.

로렌가력 5년 7월 11일.

정원 조성공사와 외곽 담장공사를 모두 마쳤다. 이것으로 우리 가문의 100대를 지탱해 줄 저택 신축 공사가 끝났다.

내일은 황궁 어전회의에 참석해야 한다. 심히 긴장된다.

"알리 브앙카 공작! 대체 왜……?"

현수는 초대 가주가 남긴 가주일기를 계속해서 읽었다. 그러던 중 눈에 띄는 구절이 있다.

CHAPTER 12

오래된 음모

전능의팔찌
THE OMNIPOTENT
BRACELET

로렌카력 22년 6월 3일.

알리 브앙카 공작의 술수에 휘말려 하마터면 작위를 잃을 뻔했다. 내가 지엄하신 황제폐하의 3비 마마와 사통을 했다는 말도 안 되는 누명을 씌우다니…….

알리바이가 없었다면 꼼짝없이 유배형에 처해졌을 것이다.

알리 브앙카 공작! 치사한 인물이다. 케리 본이치 공작의 오른팔인 나를 치기 위한 음모였을 것이다.

후손들이여! 알리 브앙카 공작가의 인물들과는 영원히 상종치 말 것을 초대 가주로서 명한다.

얼마나 분노했는지 곳곳에 잉크가 튀어 있다. 300년이 넘게 흘렀지만 눌러쓴 자국이 느껴질 정도이다.

"그만 찾으세요. 이유를 알았으니."

현수의 말에 모두의 시선이 쏠린다. 빠르고 간결한 설명이 필요한 때다.

"정원 조성자는 300년 전 알리 브앙카 공작입니다. 앙숙 관계인 케리 본이치 공작의 오른팔인 초대 가주님의 가문에 해를 끼치려는 목적이었습니다."

"네에?"

모두들 놀란 표정이다. 현수는 대답 대신 가주일기를 펼쳐서 보여주었다.

"끄응! 이런 것도 모르고……."

가문에서는 초대 가주가 남긴 것들은 모두 소중하다며 변경과 훼손을 극도로 자제해 왔다.

귀족들은 정원에 대해 별반 신경을 쓰지 않는다. 주로 실내에 머물기 때문이다. 그런데 그 정원 때문에 마나가 덜 모였다. 그 결과 현 가주 드마인 백작이 겨우 3서클인 것이다.

"토른! 토른!"

대기하고 있던 토른이 얼른 들어와 고개를 조아린다.

"네, 백작님!"

"지금 당장 사람을 사서 정원의 모든 나무를 뽑아버리게. 알겠나?"

"네? 정원의 나무를 모두 뽑아요?"

"그래! 단 한 그루도 남기지 말고 모두 뽑게! 이건 가주로 서의 명이네!"

"네, 분부대로 하겠사옵니다."

토른은 백작의 말에 더 이상 토를 달지 않고 물러났다. 현 수는 외부인이니 끼어들지 않고 보고만 있었다.

백작의 마음이 충분히 이해된 때문이다.

무하드와 싸미라는 가주일기를 읽으면서 계속 중얼거린다.

"어머! 어쩜 이러니? 대체 왜 이랬지?"

"그러게. 너무한 거 아냐? 우리 가문이 무슨 잘못을 했다 고. 그치, 누나?"

"응. 나는 여태 알리 브앙카 공작님이 대단한 분인 줄 알고 있었는데 알고 보니 아니냐. 참 나쁜 사람이었어."

이런 대화를 주고받고 있는데 백작의 명을 받아 바깥으로 나갔던 토른이 되돌아왔다.

"저… 공작님."

"흠! 왜 그러나?"

"문 앞에서 어떤 사람이 이 서찰을 주면서 공작님께 꼭 전 해달라고 했습니다요."

토른이 내민 서찰의 봉투를 보니 초록색 꽃이 그려져 있다. 누가 보낸 건지 한 번에 알 수 있는 그림이다.

"그래? 이리 주게."

현수는 창가로 가 받은 서찰을 펼쳐보았다. 예상대로 라트보라 남작이 보낸 것이다.

《윈스턴 브앙카 공작에 관한 보고》

특기 사항 : 알리 브앙카 공작의 직계 3대손

현 직위 : 황궁 내무대신

나이 : 311세

성취 : 9서클 마스터(수계마법 정통자)

영지 위치 : 수도 맥마흔 인근

수도 거주지 : 정복자의 길 13번지

휘하 마법사 : 9서클 3명, 8서클 11명, 7서클……

《터번스 토리안 백작에 관한 보고》

특기 사항 : 윈스턴 브앙카 공작의 사위

　　　　　　알리 브앙카 공작가 여식의 후손

　　　　　　윈스턴 브앙카 공작의 제자

나이 : 189세

성취 : 8서클 유저(수계마법 정통자)

영지 위치 : 핫산 브리프 공작령 우측

수도 거주지 : 정복자의 길 81번지

취하 마법사 : 7서클 4명, 6서클 22명, 5서클……

"흐으음!"

참 공교로운 일이다.

아르센 대륙에 큰 해를 끼친 인물이라 현수가 반드시 대를 끊어놓겠다 생각한 인물과 드마인 백작가의 원수가 동일하다. 그래서 싸미라를 만난 모양이다.

"왜 그러시는가?"

가주일기를 읽고 분노하고 있던 드마인 백작은 현수가 창가에서 서찰을 읽는 모습을 보고 무언가를 느낀 모양이다.

"어제 말씀하신 터번스 토리안 백작 말입니다."

"아, 그래. 근데 무슨 문제가 있나?"

"그자가 윈스턴 브앙카 공작의 사위라는 건 아시죠?"

"윈스턴 공작님의 사위 맞지? 아마 셋째 딸의 남편일 거야. 아! 근데 윈스턴 브앙카? 브앙카? 헉! 그럼……?"

이름에서 느껴지는 것이 있는가 보다. 현수는 고개를 끄덕였다.

"알고 계셨는지 모르지만 윈스턴 브앙카 공작은 알리 브앙카 공작의 직계 3대손입니다. 다들 9서클 마스터인지라 오래

산 모양입니다."

알리 브앙카 공작가는 330년 동안 세 명의 가주만 존재했
다. 그런데 드마인 백작가는 16대를 이어왔다. 수명의 차이
가 빚어낸 결과이다.

"허어, 세상에……!"

"보아하니 그쪽에서도 드마인 백작가의 몰락을 가주가 유
시로 남긴 모양입니다."

현수의 이런 추측은 정확하다.

알리 브앙카 공작은 드마인 백작가의 완전 소멸을 원했다.
감히 자신이 내민 손을 잡지 않았다는 괘씸죄 때문이다.

하지만 당대엔 드마인 백작가의 몰락을 볼 수 없었다.

드마인 백작이 자신과 쌍벽을 이루는 권력자 케리 본이치
공작의 심복이었기 때문이다.

드마인 백작이 알리 공작의 손을 잡았다면 모든 기밀을 털
린 케리 공작은 권력에서 멀어졌을 것이다. 그걸 가지고 온갖
술수를 다 부렸을 것이기 때문이다.

그러고 나면 일인지하 만인지상의 자리에 올라 수백 년을
떵떵거리며 살았을 것이다.

그런데 그러지 못했다. 죽을 때까지 케리 공작과 권력을 반
분해야 했던 것이다.

욕심 많은 알리 브앙카 공작은 그 모든 것이 초대 드마인

백작이 자신의 말을 안 들은 때문이라 생각했다.

하여 후손들에게 치밀하면서도 잔인한 명령을 남겼다.

드마인 백작가를 단번에 없애지 말고 서서히 말라붙게 하라는 것이 그것이다. 권력에서 밀려나고 가난에 처해 근근한 삶을 살다 구걸하는 모습까지 보라고 요구했다.

그런데 좀처럼 그렇게 되지 않았다. 부유한 영지가 있으니 요구한 만큼 나빠질 수 없었던 것이다. 하여 드마인 백작의 6대 조상에게 수작을 부렸다.

사기도박단을 접근시켜 전 재산을 잃게 만든 것이다.

그리고 돈을 구할 방도를 모두 차단하여 영지를 헐값에 넘기도록 했다. 조상의 유시를 반쯤은 성공시킨 것이다.

그 후로 서서히 말라붙도록 온갖 술수를 부렸다. 유력 가문과의 혼사가 이루어질 수 없도록 방해했고, 유능한 인물이 가신으로 흘러들지 못하도록 막거나 죽였다.

이제 거의 다 되었다.

드마인 백작가의 가주는 겨우 3서클 유저이고, 하나뿐인 아들 무하드는 마나 감응이 지극히 낮아 마법사가 될 확률이 거의 없다.

싸미라가 경국지색을 타고나 황태자의 눈에 들었을 때 잠깐 긴장했다. 하나 정비와 차비로 하여금 선수 치게 하여 그 뜻을 잠재웠다.

황태자가 싸미라를 웬 듣보잡에게 주겠다고 했을 때 다들 찬성한 이유는 핫산 브리프에게 아무런 배경도 없다는 조사 결과를 받은 때문이다.

그런데 핫산 브리프는 공작위를 따냈다. 제국의 그 어느 누구보다도 황태자의 눈에 든 인물이다.

싸미라가 핫산 브리프와 맺어지는 건 불가분의 일이다. 황태자가 직접 맺어준 사이이기 때문이다.

윈스턴 브앙카 공작 입장에선 정말 못마땅한 일이다.

그런데 이런 상황에서 예전에 팔았던 영지를 되찾겠다고 나서자 터무니없는 금액을 부른 것이다.

"정말 지독하군요."

알리 브앙카가 내린 유시 때문에 가문이 몰락했다는 사실을 깨달은 싸미라가 한 말이다.

"일단 정원을 정리하십시오. 이 기회에 저택을 새로 짓는 것도 한 방법이겠습니다."

"영지부터 찾아야 하네."

"네, 그렇죠. 700만 골드에 거래가 되도록 제가 힘을 한번 써보지요. 힐만 공작님과 친분이 있으니 부탁을 드려볼 생각입니다."

힐만 공작은 황태자의 측근 중에서도 측근이다. 그리고 현재 제국의 대소사는 모두 황태자가 직접 처결한다.

다시 말해 힐만 공작은 권력의 핵심이다. 그런 그에게 부탁한다니 믿음이 간다는 표정을 짓는다.

"잘 부탁하네."

"네, 나머지 52만 4,000골드만 있어도 저택을 재건축하는 비용으로 충분할 겁니다."

한화로 5,240억 원이나 되는 거금이다.

이곳은 건축재료 및 인건비가 저렴하니 충분히 재건축을 하고도 남을 금액이다.

"그건 그러네만, 과연 700만 골드에 거래가 되겠는가?"

심히 우려된다는 표정이다.

"안 되면 되게 해야지요. 참, 700만 골드에 해당하는 전표를 제게 주십시오. 아울러 가주 인장도 부탁드립니다."

"그, 그러세. 잠시만 기다리게."

돈도 돈이지만 가주의 인장은 매우 중요한 물건이다. 전 재산에 대한 처분권을 넘기는 것이나 다름없기 때문이다.

그렇기에 가주의 인장은 함부로 빌려주는 게 아니다.

그럼에도 드마인 백작이 고개를 끄덕인 건 몰락한 가문이라 재산이랄 것도 없기 때문이다. 그리고 사위로 점지된 핫산 브리프 공작에 대한 신뢰가 크기 때문이기도 하다.

*   *   *

"어서 오십시오. 핫산 브리프 공작님!"

현수를 반긴 건 30대 후반으로 보이는 건장한 체격의 사내이다. 겉보기엔 이래도 이자의 실제 나이는 무려 189세이다. 한국식 나이로 따지면 190살이나 된 늙은이다.

터번스 토리안 백작.

윈스턴 브앙카 공작의 셋째 사위이며 8서클 유저이다.

신임 공작인 핫산 브리프가 방문해도 좋으냐는 전갈을 보냈을 때 터번스 백작은 실세를 알아보는 안목이 있는 자라는 평가를 내렸다. 그렇기에 이처럼 환대하는 것이다.

"반갑습니다, 터번스 토리안 백작."

작위의 차이가 있지만 완전히 말을 내리기엔 아직 균형추가 저쪽에 있다. 현수는 이곳의 기반이라 할 수 있는 것이 몰락해 버린 드마인 백작가 하나뿐이지만 저쪽은 윈스턴 공작가가 있기 때문이다.

황태자가 관심을 가져주곤 있지만 그건 언제든지 거둬질 수 있는 것인지라 계산에 넣어선 안 된다.

"먼저 공작이 되셨음을 감축드립니다. 저도 대결장에서 공작님의 모습을 보았습니다. 정말 대단하셨습니다."

터번스 백작의 이 말은 진심이다. 아직 8서클 유저인지라 후작위에 도전할 자격이 없어 이번엔 참관만 했다.

그리고 핫산 브리프가 승승장구하는 모습을 지켜보았다. 덕분에 돈도 땄다. 무스타 하로겐 백작을 3서클 에어로 붐 마법으로 제압했을 땐 전율을 느꼈다.

겨우 7서클 유저가 현혹 계열 마법의 대가인지라 9서클 마스터급으로 추앙받는 인물을 제압했다. 마치 자신이 그 일을 이루어낸 것 같은 기분이 들어 흥분했던 것이다.

"다행히 운이 좋았던 겁니다. 과찬이십니다."

"아닙니다, 아니에요. 그날 정말 감명받았습니다. 하여 그날 이후 쭉 저서클 마법에 대한 연구를 하고 있습니다. 덕분에 작은 성취를 얻었습니다."

터번스 백작은 자신의 기분을 알아달라는 표정이다.

"저야말로 감축을 드려야겠군요."

"하하! 네. 그게 이렇게 되는군요. 하하하!"

화기애애한 분위기이다. 현수는 대화를 나누는 동안 슬쩍슬쩍 백작의 집무실을 살폈다.

초호화판 집무실이다. 뭐 하나 평범해 보이는 게 없다. 하다못해 백작의 책상과 의자조차 명품으로 보인다.

현수는 아르센 대륙의 여러 곳을 두루 돌아다녔다. 라이서 제국의 황궁과 아드리안 왕국의 왕궁 또한 구경한 바 있다.

이 밖에 많은 귀족가를 두루 방문했다.

그런데 이처럼 호화롭고 사치스러우며 고상하고 우아한

집무실은 본 적이 없다.

"저택이 정말 대단하군요."

"하하! 네, 칭찬 고맙습니다."

사실 이곳은 터번스 백작가가 누대에 걸쳐 심혈을 기울여 꾸민 공간이다.

드마인 백작가의 영지를 헐값이 집어삼킨 결과 그렇지 않아도 부자이던 터번스 백작가는 더할 수 없이 부유한 가문이 되었다.

가문의 부는 엄청난 속도로 쌓여만 갔다. 흥청망청 써도 쌓일 정도인지라 그 돈으로 이 저택을 꾸몄다.

프랑스의 루이14세는 바로크 양식의 궁전을 지었다. 전체 길이가 680m에 이르는 엄청난 규모이다.

이를 베르사유 궁전[Chateau de Versailles]라 일컫는다.

'짐이 곧 국가이다!'라고 선언할 만큼 대단한 권력과 금력이 있었기에 가능한 건축물이다.

이 궁전의 왕실 예배당은 완성도와 화려함을 비교할 상대가 없을 정도이다. 천장의 프레스코화와 견고한 대리석 기둥, 그리고 황금으로 치장된 장식은 그야말로 일품이다.

거울의 방이라 불리는 곳도 있다.

길이 75m, 높이 13m짜리 방이다.

이걸 건축하는 데만 8년이 소요됐으니 얼마나 많은 공을 들였을지 충분히 짐작된다.

이 방의 아래에 있는 물의 화단과 그리스 신화의 내용을 담은 조각 분수는 궁전과 완벽한 하모니를 이루고 있다.

이처럼 호화로운 궁전의 정원 넓이는 100만㎡나 된다. 약 30만 평 규모이다.

현수는 감탄사가 절로 나올 만큼 정교하게 조각된 기둥이며 기타 등등을 보며 고개를 끄덕이지 않을 수 없었다.

비록 욕심 많은 놈이긴 하지만 예술이 뭔지를 아는 자 같다. 그리고 그걸 수집하기 위해 대단한 공을 들였을 것도 충분히 짐작되었다.

"그나저나 공작님께서 단순한 일로 예방하신 건 아닌 것 같습니다. 혹시 제게 바라시는 것이 있으신지요?"

"…이거 오자마자 차 한 잔도 안 주시고 용무를 털어놓으라는 말씀이신군요."

"아! 죄송합니다. 정말 죄송합니다. 제가 그만 실례를 범했습니다. 너무 대단하신 분을 모시게 되어 제가 잠시 정신이 나갔나 봅니다. 잠시만 기다려 주십시오."

말을 마친 터번스 백작은 시종을 부르는 초인종을 누르려 했다. 그런데 현수가 먼저 나섰다.

"아닙니다. 나야말로 첫 방문을 하면서 빈손으로 이곳을 방문했습니다. 실례를 범했으니 차는 제가 준비하죠."

"네?"

터번스 백작이 뭔가를 이야기하려 할 때 현수가 먼저 아공간을 열었다. 그리곤 맥심 커피믹스와 행남자기에서 만든 꽃무늬가 정교하게 그려진 커피잔을 꺼냈다.

"어라? 이건……."

온갖 진귀한 예술품을 접한 바 있음에도 100% 완벽하게 일치하는 두 개의 커피잔 세트를 본 백작의 눈이 커져 있다.

드워프도 이렇게는 못 만들기 때문이다. 하여 탐욕의 눈빛으로 이를 바라보고 있다. 그러거나 말거나 뜨거운 물을 만들어 달달한 커피 두 잔을 만들어냈다.

"자, 제가 개발한 특별한 차입니다. 맛을 보시죠."

후릅, 후르릅—!

현수가 직접 독이 들어 있지 않음을 보여주자 그제야 커피잔을 든다. 크기와 모양을 살피고 무늬 또한 유심히 본다.

그리곤 커피 향을 맡아본다.

"……!"

달달한 커피 향에 눈을 크게 뜬 백작은 살짝 맛을 본다. 그리곤 계속해서 빨아들인다.

후릅! 후르릅! 후릅! 후르르르릅—!

"흐음, 흐으음! 세상에 이런 맛이……!"

대한민국의 발명품은 이계에서도 먹히는 것이 분명하다. 터번스 백작은 감탄의 빛을 감추지 못하고 있다.

떫디떫은 것이 차(茶)이다. 향은 나지만 그게 연하면 연할수록 비싼 값에 팔린다. 단맛은 거의 없다.

그런데 핫산 브리프 공작이 준 차는 향도 그윽할 뿐만 아니라 쌉쌀하면서도 달콤하다. 한 번도 맛보지 못한 것이다.

"이건 대체……!"

"괜찮죠? 이곳을 방문한 기념으로 한 박스 드리죠."

현수는 아공간에 있던 160개 들이 노란 박스를 꺼내 건넸다. 백작은 엄청난 보물을 받는 듯한 표정을 짓는다.

이런 물건은 로렌카 제국에 없는 것이 분명하기 때문이다.

"정말 귀한 차를 마셨습니다. 공작님의 후의에 깊은 감사를 드립니다."

커피믹스 하나가 백작의 고개를 숙이게 한다.

"별말씀을 다 하십니다."

"그나저나 저를 찾으신 이유를 들었으면 합니다."

"뜸 들이지 않고 말씀드리겠습니다. 드마인 백작가의 옛 영지를 팔아주시기 바랍니다."

"그건……."

거절의 뜻을 밝히려 했지만 현수가 먼저 입을 연다.

"이번 영주 선발대회 때 황태자님께서 많은 배려를 해주셨습니다. 그때 힐만 공작님을 자주 뵈었습니다."

황태자가 눈여겨보고 있으니 심복인 힐만 공작이 움직이는 건 당연하다. 그렇기에 터번스 백작은 고개를 끄덕인다.

"작위가 결정되자 가장 먼저 힐만 공작가로 찾아주길 원한다 하셨습니다."

"그러셨겠지요."

당연히 그랬을 것이다. 핫산 브리프는 곧 권력의 중심부에 설 인물이다. 따라서 자신의 계파로 만드는 것이 중요하다.

터번스 백작 본인이라도 그런 말을 했을 것이다.

"그런데 전 지금 이곳에 와 있습니다."

"아⋯⋯!"

터번스 백작은 나직한 탄성을 낸다.

국어 수업시간에 흔히 듣는 말 가운데 '행간의 의미'이다.

굳이 문자로 표현하지 않아도 저절로 알게 되는 속뜻이라는 뜻이다.

현수는 자신이 이곳에 자리하고 있음을 이야기했을 뿐이다. 하나 터번스 백작은 노회한 정치가답게 그게 무엇을 의미하는지를 깨달았다.

하여 짧은 감탄사를 터뜨린 것이다.

현수는 말없이 바라만 보고 있다. 이심전심이면 어서 대답해 달라는 뜻이다.

"좋습니다. 드마인 백작께서 제안하신 대로 700만 골드에 예전 드마인 백작가의 영지를 그대로 반환해 드리지요."

"화끈하시군요. 매우 흡족합니다."

"하하! 하하하! 흡족해하시니 저도 좋군요."

"쇠뿔은 단김에 베라고 했습니다. 계약서 작성할까요?"

"……!"

핫산 브리프 공작은 드마인 백자가의 사위이기는 하지만 계약권자가 될 수 없다. 직계자손이 아닌 때문이다. 하여 그래도 되느냐는 표정이다.

"백작께서 가문의 인장을 주시더군요."

"아!"

터번스 백작은 또 한 번 나직한 탄성을 낸다.

*　　*　　*

"여기 있습니다."

현수가 계약서를 내밀자 드마인 백작의 눈이 커진다. 700만 골드면 7조 원에 해당하는 거금이다.

그런 금액이 오가는 계약이다. 그런데 나간 지 두 시간도 안 되어 체결했다니 믿어지지 않는 것이다.

"벌써… 벌써……? 허어, 이런, 이런! 이런……!"

백작은 계약서에 적힌 계약 내용을 눈여겨 살펴본다.

터번스 백작은 드마인 백작에게 핫산 브리프 공작령에 인접해 있는 예전의 영지를 고스란히 돌려준다고 쓰여 있다.

모든 재산은 현지에 두고 오로지 터번스 백작가의 마법사들만 철수하는 것으로 되어 있다.

애써 조련한 병사들까지 그대로 두고 간다는 것이다.

"허어! 이런……! 고맙네. 정말 고맙네."

와락—!

드마인 백작은 감격을 금치 못하여 현수를 와락 껴안는다. 그리곤 굵은 눈물을 뚝뚝 흘린다.

꿈에서라도 되찾고 싶은 영지였지만 몇 달 후면 끼니를 걱정해야 할 정도로 어려운 살림이다.

하여 엄두조차 내지 못한 일이다. 그런데 마법사의 제국답게 정말 마법처럼 며칠 만에 이루어졌다.

어찌 감격하지 않겠는가!

"아버지! 흐흑, 흐흐흑!"

현수는 등 뒤에서 느껴지는 격정적인 뭉클함에 누구인지 알아차렸다.

싸미라는 부군이 귀가했다는 소리에 하던 바느질을 멈추고 달려왔다. 터번스 백작가를 다녀온다는 걸 알기 때문이다.

집무실 문을 열자 오열하는 부친의 얼굴이 보인다. 어찌 무슨 뜻인지 모르겠는가!

가문의 오랜 숙원이 드디어 이루어졌다.

기쁨이 벅차오른다. 하여 현수의 동체를 와락 안아버렸다. 그리곤 폭포수 같은 눈물을 흘린다.

"고마워요. 정말 고마워요. 평생… 평생 당신 하나만 바라보고 살게요. 정말 잘할게요. 흐흑, 흐흐흑!"

싸미라는 태어난 이래 가장 많은 눈물을 흘리고 있다.

자신이 결혼을 하고 나면 크기만 할 뿐 다 부서져 가는 집 한 채만 남을 뿐이다. 부친마저 세상을 뜨고 나면 마법사도 아닌, 행정가도 될 수 없는 동생 무하드 혼자만 남는다.

지금이야 토른과 셀마가 있지만 그때가 되면 둘 다 세상에 없을 나이가 된다.

혼자 남은 동생은 결혼도 못한 채 홀로 늙어가다 어느 날 쓸쓸히 차가운 방에서 숨을 거둘 것이라 생각했다.

하여 핫산 브리프 공작에게 시집가는 것이 마냥 좋은 것만은 아니었다. 그런데, 그런데…….

가문은 이제 완벽하게 살아날 것이다.

핫산 브리프, 이 위대한 이름 덕분에!

싸미라는 정말 평생 발바닥을 핥으며 살라고 해도 그럴 것이라 생각했다.

"흐흑! 정말 고마워요. 평생 당신만을 사랑할게요. 내 마음을 다해 오로지 당신만을 섬길게요. 흐흑, 흐흐흑!"

싸미라의 눈물은 길었다.

드마인 백작도 울고 싸미라도 울고 있다.

어느 순간 무하드도 끼어든다. 그 역시 가문이 걱정되긴 마찬가지였던 것이다.

그간 너무나 가난해서 아무것도 해달라고 하지 않았다. 그래서 무능하다 낙인찍혀도 묵묵히 감내해 냈다.

친구도 없고 모두가 멸시의 눈빛만을 보냈다.

그때 그 모든 서러움이 폭발했는지 무하드의 눈에서도 굵은 눈물방울이 흘러나온다. 토른과 셀마 역시 출입구 기둥에 기대어 조용히 눈물짓고 있다.

"백작님은 영지로 돌아가셔서 모두 점검하시고 모든 것을 드마인이라는 이름 아래에 놓도록 하십시오."

"그래, 그러겠네."

"무하드와 싸미라는 이 저택을 헐고 새집을 지어. 지금보다 더 크고 아름답게. 이제 드마인 백작가의 이름은 맥마혼의 모두가 아는 이름이 될 테니까."

싸미라가 먼저 고개를 끄덕인다.

"흐흑! 네, 고마워요."

"알았어요, 매형. 그렇게 할게요."

"토른은 저택의 규모에 맞춰 하인들을 더 고용하게."

"네, 명대로 합죠."

"셀마 역시 시녀들을 더 뽑게. 다른 귀족가에 비교되지 않을 정도로. 참하고 얌전한 아가씨만 뽑지 말고 왈가닥도 있어야 해. 이 저택의 분위기는 너무 고요해."

"네, 공작님. 흐흑! 정말 감사드려요."

셀마가 대답할 때 현수는 축축해진 등에서 또 한 번 뭉클함을 느꼈다.

싸미라가 두 팔을 벌려 온 힘을 다해 안은 때문이다.

CHAPTER 13
자넨 누군가?

전능의팔찌
THE OMNIPOTENT
BRACELET

콰쾅! 콰콰쾅! 콰릉! 콰르릉! 콰르르르릉!

깊은 밤, 거대한 저택 하나가 무너져 내리고 있다.

조금 전까지만 해도 정복자의 길 13번지에 당당히 서 있던 유서 깊은 건물이다. 이 저택엔 힐만 공작과 더불어 권력을 양분하고 있던 윈스턴 공작이 거주하고 있다.

그런데 한 줌 먼지가 되어 흩어지는 중이다.

힐만 공작의 풀 네임은 힐만 본이치이다.

알리 공작과 다른 대륙이 있는지의 여부를 놓고 내기를 한 케리 본이치 공작의 4대손이다.

로렌카 제국이 건국된 이래 현재에 이르기까지 앙숙이라 할 수 있는 두 가문 중 하나이다.

오늘 오후, 신임 공작인 핫산 브리프의 예방을 받은 게 이 건물의 마지막 공식 행사이다.

콰아아앙! 콰아아아아! 우르르! 와르르르르!

화아악! 화르르르르! 화르르르르!

또 한 번의 거대한 폭발음이 터져 나온다.

곧이어 시뻘건 화염이 사방으로 흩어진다.

날름거리는 화마는 붉은 혓바닥을 내밀어 주변의 모든 것을 집어삼키며 연기를 뿜어낸다.

윈스턴 공작가의 모든 것을 지우고 있다.

"뭐 하느냐? 어서 불을 꺼라! 불을 끄란 말이다! 이잇, 안 되겠다! 아쿠아 퍼니쉬먼트!"

콰륵! 콰르르륵! 쏴아아아아아!

"고, 공작님!"

저택의 모든 마법사와 병사, 그리고 하인과 하녀들까지 총동원되어 물을 뿌렸지만 불은 꺼지지 않았다.

이에 화가 난 윈스턴 공작은 9서클 궁극 마법 중 하나인 아쿠아 퍼니쉬먼트를 구현시켰다.

그러자 엄청난 양의 물 폭포가 쏟아졌다. 덕분에 불은 꺼졌다. 그런데 건물은 더 무너졌다. 공격 마법이기 때문이다.

공작가의 시종장은 이를 지적하려 했으나 이내 입을 닫았다. 분노에 찬 윈스턴 공작의 사나운 눈매를 본 때문이다.

"이, 이런! 대체 누가 감히……!"

윈스턴 공작은 너무도 화가 나서 부르르 떨었다.

330년 역사를 이어온 가문의 모든 것이 불타거나 무너진 잔재에 깔려 있기 때문이다. 여기에 엄청난 물까지 뿌려놨으니 온전한 것이 별로 없을 것이다.

붕괴되면서 깔려 죽은 이들 가운데에는 공작의 아들도 포함되어 있다. 술 한잔 걸치고 새로 들인 첩과 질펀한 밤을 보내던 중 무너진 건물의 대들보에 깔려 즉사했다.

그런데 그런 건 신경도 안 쓰인다. 아들이야 또 낳으면 그만이기 때문이다. 다만 가문의 역사가 사라진 것에 대한 분노만 있을 뿐이다.

"으으! 으으으! 찾아라! 대체 누가 이따위 짓을 했는지!"

"존명!"

공작의 명을 받은 휘하 마법사들이 재빨리 흩어진다. 이럴 땐 가까이 있다가 벼락을 맞을 수 있기 때문이다.

하지만 딱 하나만은 그럴 수 없다. 공작의 측근 중의 측근, 심복 중의 심복인 리만 시종장이다.

"리만!"

"네, 공작님."

한쪽에선 수증기가 뿜어져 나오고 있고 몇몇 곳에선 잔불이 다시 일고 있다. 분노에 찬 눈빛으로 이를 바라보는 공작은 시선도 돌리지 않는다.

"누구의 소행인 것 같은가?"

"소인의 생각엔 최근 나타난 10서클 거수자가 아닌가 싶습니다."

"10서클 거수자? 어째서 그렇게 생각하지?"

그렇지 않아도 정체를 알 수 없는 10서클 거수자가 수도를 향해 다가오고 있음을 보고받은 바 있다.

영주 선발대회가 개최되는 바람에 잠시 논점에서 벗어나 있었지만 심각한 문제로 다루고 있었다.

"저택을 보십시오. 크고 웅장하던 저택을 한순간에 저렇게 만들 마법이 뭐가 있을까요?"

"……!"

9서클 궁극 마법엔 미티어 스트라이크가 포함되어 있다. 그걸 쓰면 운석이 소환되어 모든 것을 부순다.

그런데 이 마법은 광역 마법이다. 그리고 이처럼 정확히 목표물만 파괴할 수는 없다.

이 밖에 라이트닝 퍼니쉬먼트가 있는데 이 마법으론 건물을 부술 수 없다.

파이어 퍼니쉬먼트도 불만 지를 뿐이다.

윈드 퍼니쉬먼트라면 건물이 약간은 파괴되었을 것이다. 그러나 이처럼 무너지진 않는다.

마지막으로 어스 퍼니쉬먼트가 있는데 지진의 흔적은 보이지 않는다. 따라서 9서클 마법은 아니다.

"소인이 알기에도 9서클 마법으론 저택을 이렇게 무너뜨릴 수 없습니다. 아시잖습니까. 윈스턴 공작가의 저택은 탄탄하기로 이름난 건축물입니다."

"그렇지."

"그런데 보십시오. 완전히 무너져 내렸습니다. 소인의 생각엔 우리가 알지 못하는 10서클 마법 때문인 듯합니다."

"흐음! 10서클이라……."

9서클 마스터가 된 이후 두렵다는 기분을 느껴보지 못했다. 그런데 문득 소름이 돋는다.

10서클은 황제조차 올라가 보지 못한 경지이다. 그렇기에 붙으면 진다는 생각이 들자 저도 모르게 겁이 난 것이다.

"수도에 비상령을 내린다! 모든 마법사를 풀어 거수자 색출에 나서도록 하라!"

"존명!"

윈스턴 공작가의 시종장 리만은 허리를 직각으로 꺾고 물러났다. 그런 그의 의복은 파란색이다. 견장 수술도 달려 있고 비스듬한 띠까지 두르고 있다.

제국의 백작이라는 뜻이다.

멀리서 이 광경을 보고 있는 이가 있다. 오늘 오후 이 저택을 예방한 핫산 브리프 공작이다.

현수의 손에는 망원경이 들려 있다. 1㎞ 이상 떨어진 거리인지라 육안으론 보이지도 않는다. 게다가 밤이다.

"그게 욕심 부린 자의 말로야."

나직이 중얼거린 현수는 물러났다.

"그나저나 오늘 엄청 챙겼네. 이제 다음 집으로 가볼까."

현수의 아공간엔 엄청난 양의 금은보화가 추가되었다. 윈스턴 공작가 지하의 보물창고를 몽땅 턴 때문이다.

그중엔 300여 년 전 케리 본이치 공작이 준 10톤의 황금도 포함되어 있다. 이것은 별로도 포장되어 있었는데 그 위엔 이렇게 쓰여 있었다.

《케리 본이치 공작이 바친 공물》

백제에서 제작된 칠지도는 왜왕에게 하사되었다. 참고로, 하사(下賜)란 윗사람이 아랫사람에게 내리는 것이다.

이것은 광개토대왕비와 더불어 고대 일본과 한반도의 관계를 알려주는 중요한 자료이다.

하지만 표면이 부식되어 일부 글자는 판독이 어렵다.

일본에선 이를 교묘히 악용하여 임나일본부설을 주장했다.

이것은 4세기 후반에 한반도 남부지역으로 왜가 진출하여 백제와 신라, 그리고 가야를 지배했다는 것이다.

특히 가야에는 일본부(日本府)라는 기관을 두어 6세기 중엽까지 직접 지배하였다고 주장하고 있다.

이 내용은 현재 일본 교과서에 수록되어 일본인의 한국에 대한 편견과 우월감을 조장하고 있다.

알리 브앙카 공작은 케리 공작으로부터 받은 황금을 따로 포장해 놓고 상당히 애매한 표현을 해놓았다.

후세에 누군가가 케리 본이치 공작가에 대한 우월감을 표현할 때 증거로 쓰라는 의도이다.

참으로 일본 놈 같은 자이다.

그런데 아무런 효과도 거두지 못하게 되었다. 모조리 현수의 아공간 속에 담겨 버린 때문이다.

이 밖에도 상당량의 금은보화가 딸려왔다. 부피로만 따지면 40피트 컨테이너를 두 개나 가득 채울 양이다.

참고로 규격이 약 12m×2.3m×2.4m인지라 가득 채우면 약 66.24㎥나 된다.

금으로 가득 채워져 있다면 약 2,556톤이나 된다.

펑! 퍼엉! 퍼퍼퍼펑—!

로렌카 제국 수도 맥마흔의 밤하늘에 화려한 불꽃놀이가 시작되고 있다.

백두마트를 털 때 창립 기념행사에 쓸 폭죽이 딸려왔는데 아주 유용하게 써먹는 중이다.

세 개 점포에서 가져온 것이라 상당히 양이 많았는데 그중 3분의 1을 썼다. 나머지는 아드리안 왕국 선포일과 이실리프 왕국 선포식에 쓸 것이다.

어쨌거나 느닷없는 화려한 불꽃놀이가 벌어지자 맥마흔의 거의 모든 주민이 밖으로 나왔다. 평생 한 번도 보지 못한 진귀한 불꽃놀이를 어찌 안 보겠는가!

펑! 퍼펑! 퍼퍼펑!

화르르! 화르르르!

붉고, 푸르고, 하얗고, 노랑과 초록, 연두, 그리고 주황과 보라색이 환상적으로 섞여 있다.

이것을 제대로 보려면 가까운 언덕 위로 올라가야 한다. 그래야 간신히 보일 수 있는 곳에서 불꽃이 터지는 중이기 때문이다.

"흐음! 이 상황에 집에 있으면 이상한 거지? 그래도 최종 확인은 한다. 와이드 센스!"

고오오오오—!

마나가 뿜어져 거대한 저택의 내부를 샅샅이 훑는다.

예상대로 아무도 없다. 터번스 백작은 아마도 윈스턴 공작가의 변고 소식을 듣고 달려가 자리를 비웠을 것이다.

"아공간 오픈! 입고!"

현수의 입술이 달싹이자 거대한 저택이 통째로 아공간 속으로 빨려든다.

9서클 마스터인 에단 듀크 후작으로부터 승리를 취할 때 사용한 멀티 스토리지 마법을 연구하면서 아공간 마법을 가일층 발전시킨 결과이다.

베르사유 궁전보다도 큰 거대한 저택이 주춧돌까지 모조리 아공간에 담겼다. 저택 내부에 있던 금은보화는 물론이고 모든 예술품과 문서들까지 모조리 빨려들어 갔다.

물론 아까 지불한 700만 골드에 상응하는 전표 역시 딸려 갔다. 이로써 터번스 백작은 맥마흔의 재산뿐만 아니라 드마인 영지까지 잃은 것이다.

"대(代)는 다음에 시간 날 때 끊어주지. 아마 오늘 잃어버린 걸 잊기 전이 될 거야."

*   *   *

"핫산 브리프 경(卿)!"

"네!"

현수는 자신을 호명한 황태자를 바라보았다.

늙은 황제는 베일 뒤쪽 의자에 앉아 있다. 황제를 대리하여 황태자가 집전하는 작위식인 것이다.

"그대 핫산 브리프는 로렌카 제국의 공작으로서 황실에 대한 충성을 맹세하겠는가?"

"네, 맹세합니다."

현수는 정중히 고개를 숙여주었다. 다프네만 구할 수 있다면 고개쯤은 백만 번도 숙일 수 있기 때문이다.

"나 슈레이만 로렌카는 로렌카 제국의 황태자로서 지엄하신 황제폐하를 대리하여 그대에게 공작위를 하사하려 한다. 받겠느냐?"

"네, 받겠습니다."

"폐하의 스태프를 대령하라!"

"네, 전하!"

황태자의 명이 떨어지자 흰 제복을 걸친 황실 시종장이 뒤쪽의 황제로부터 황제의 스태프를 받아 온다.

철보다 단단하여 철심목이라 불리는 나무의 가지에 주먹보다도 큰 특급 마나석을 박은 스태프이다.

"이제 작위식을 거행하겠다. 핫산 브리프는 어전에 무릎을 꿇어라."

"네!"

현수는 순순히 무릎을 꿇었다. 그러자 황제의 스태프가 머리 위에 얹힌다.

"나 슐레이만 로렌카는 금일 핫산 브리프에게 공작위를 내리노라. 제국에 충성하는 새로운 가문이 되길 바라노라."

"황태자 전하의 금언, 고이 간직하겠습니다."

진중한 음성으로 작위를 내렸고, 그걸 받았다. 생각보다 간단했지만 분위기는 몹시 엄숙했다.

빠-빵! 빠-빠-빠-빠-빠-빵ー!

대기하고 있던 악사들이 장중한 음을 뿜어낸다.

"다음 라인리히 후마네 경, 앞으로 오라."

"네!"

현수에 이어 라인리히 후마네가 작위를 받았다.

똑같이 영주 선발대회를 거쳐 공작이 되었건만 훨씬 스포트라이트를 덜 받는 느낌일 것이다. 속은 어떤지 몰라도 겉으론 아무런 내색도 하지 않고 있다.

공작들에 대한 작위식이 끝난 후 다섯 명의 신임 후작에 대한 작위식도 순서에 따라 이어졌다.

식을 마친 직후 황제는 자리를 떴다. 새로 작위를 받은 귀족들과의 대면식조차 귀찮다며 떠난 것이다. 하긴 새 공작과 후작은 황태자와 정사를 논할 인물들이다.

"자, 그럼 다음은 영지 수여식입니다. 먼저 핫산 브리프 공작님, 어전으로 나와 주십시오."

영지 수여식 역시 순서에 따라 진행되었다.

"그럼 작위를 받으신 것을 축하하는 의미의 연회가 베풀어지기 전에 선택하신 미녀들을 하사받으시겠습니다."

"이번엔 라인리히 후마네 공작님부터 나와 주십시오."

"그러지."

아까는 작위를 받기 전이니 후작이었지만 현재는 공작이다. 그렇기에 후작인 황실 시종장에게 자연스레 하대한다.

"라인리히 공작님께서 선택하신 미녀는……."

황실 시종장은 서류에 적힌 성명을 일일이 불러 확인했다.

"맞네."

"호명된 미녀들을 모셔라!"

네 명의 미녀는 모두 라인리히 후마네 공작의 아내가 될 것이다. 다시 말해 공작부인이 될 여인들이다. 그렇기에 존대로 나오라 한 것이다.

어쨌거나 시종장의 말이 끝나자 문이 열리고 곱게 단장한 네 명의 미녀가 들어선다. 머리끝에서 발끝까지 세심한 손길을 받은 티가 역력하다.

"다음은 핫산 브리프 공작님이십니다. 나오십시오."

"그러지."

현수 역시 자연스레 대꾸하곤 앞으로 나서자 시종장은 쪽지에 적혀 있는 이름을 부른다.

"공작님께서 선택하신 미녀는 다프네 님, 아만다 프러페반 도델 님, 스타르라이트 님, 그리고 도로시 칼라 폰 발렌틴 님 맞습니까?"

"맞네."

"방금 호명된 미녀분들을 모시게."

문이 열리고 다시 네 명의 미녀가 들어선다. 호명된 역순으로 미녀들이 들어선다. 161번부터 164번까지이다.

뒤쪽에 서 있는 후작 다섯 명은 부럽다는 표정이다.

자신들이 고른 미녀들도 아름답기는 하지만 분명 넘을 수 없는 차이가 있기 때문이다.

먼저 도로시 칼라 폰 발렌틴이 현수에게 예를 취한다.

마인트 대륙에서 여자들이 취할 수 있는 가장 큰 예법은 아무래도 치마를 살짝 들어 올리며 가슴골이 보일 정도로 고개를 숙이는 것인 듯하다.

아르센 대륙의 어느 도시에서 쇼핑을 마치고 귀가하던 도로시는 누군가의 마법에 걸려 이곳까지 끌려왔다.

이웃 영지 후작가의 삼남과 혼담이 오가 예복을 맞추러 나왔다가 당한 일이다.

두 번째로 인사한 스타르라이트는 가난한 집을 위해 스스로를 팔았다. 흉년이 들어 굶어 죽을 상황이었기에 제 한 몸 희생한 것이다.

세 번째로 인사한 아만다 프러페 반 도델은 도델 왕국의 공주이다. 나른한 오후에 깜박 잠이 들었는데 깨어보니 자루 속에 담겨 있었다.

살려달라고, 구해달라고 애원했지만 모두 묵살되었다.

스타르라이트는 굶기거나 때리지만 않으면 누구에게 시집을 가든 상관없다고 생각했다.

그런데 잡혀와 보니 이곳은 평범하지 않았다.

죽은 시녀의 살점을 떼어내 요리를 하는 걸 보고 그날 먹은 걸 다 토했다. 그러다 구울과 좀비도 보았다.

겁이 와락 났다. 그래서 시중드는 시녀들에게 물었다.

이곳은 흑마법사들의 제국이다. 사람이 죽으면 시신은 즉시 수거되는데 구울이 되거나 좀비가 되거나 식량이 된다.

특히 젊은 여자가 죽을 경우엔 거의 대부분 부위별로 잘리고 신선한 육류라는 팻말을 단 진열대에 놓인다고 했다.

잘못 왔다는 생각에 돌아갈 수 있게 해달라고 울부짖으며 애원했다. 그랬더니 곧장 진열대로 가게 해준다고 했다.

마인트 대륙에 머문 내내 눈물로 밤을 지새웠다.

그러다 귀족의 아내가 되면 그럴 확률이 매우 적다는 이야기를 들었다. 방법을 물었더니 영주 선발대회의 상으로 주어질 미녀로 뽑히면 된다고 하였다.

다행히 엔트리에 들었다. 그다음은 제발 착한 사람에게 뽑히게 해달라고 빌었다.

다프네는 이곳에 와서도 시선에 초점을 맞추지 않았다. 딱히 보고 싶은 것이 없기 때문이다.

하여 가라고 하면 가고 오라고 하면 왔다. 서 있으라 하면 서 있고 자라고 하면 잤으며 먹으라 하면 먹었다.

삶에 대한 의욕을 완전히 잃었다. 다만 끊임없이 중얼거렸을 뿐이다.

"아아! 하인스 님, 제발 저를 구해주세요."

현수에게 인도되었음에도 다프네는 아무런 말도 없고 시선도 마주치지 않았다. 원치 않는 사내에게 선택되었지만 이제부터 밤 시중을 들어야 함을 알기 때문이다.

현수는 시종장의 인도를 받아 온 다프네의 손을 살그머니 잡았다. 그리곤 남들에겐 들리지 않을 정도로 나직이 물었다.

"다프네, 그동안 잘 있었어?"

"……!"

다프네가 눈을 번쩍 뜬다. 이곳에 와서 처음 듣는 아르센 공용어이기 때문이다. 이때 나직한 음성이 들린다.

"나야. 하인스."

"서, 설마……?"

"그래, 하인스. 라세안의 친구지. 누군지 알지? 근데 지금은 길게 말하기 곤란하니 나중에 말해."

"네, 그럴게요."

지금껏 창백하기만 했던 다프네의 안색이 확연하게 발그레해진다. 절망 속에서 한줄기 희망, 그것도 아주 굵은 희망을 본 때문이다.

현수는 다프네를 자신의 여인들 틈에 끼워 넣었다.

황태자가 인연을 맺어준 정실부인 싸미라는 다프네를 자신의 옆으로 인도한다. 투기는 여인이 버려야 할 가장 나쁜 마음이라 배운 때문이다.

핫산 브리프 공작의 뒤를 이어 후작들에게도 미녀들이 인도되었다. 모든 행사가 끝나자 현수와 라인리히 후마네 공작이 앞줄에, 바로 뒤엔 각자에게 주어진 미녀들이 섰다.

이들 뒤엔 다섯 명의 후작이 섰고, 각자의 뒤엔 각기 세 명씩 미녀 섰다.

이곳의 여인들은 모두 공작부인 아니면 후작부인이 된다. 평생 손가락에 물 한 방울 안 묻히고 살 팔자가 된 것이다.

"이로써 작위식을 마친다. 당부가 있다면 제국의 미래를 위해 가급적 많은 아이를 낳아달라는 것이네."

지구에서라면 농담이라 생각하고 껄껄대며 웃었을 것이다. 그런데 아무도 웃지 않는다. 진심이기 때문이다.

　그렇기에 미녀를 상으로 주었고, 오늘부터 며칠간 황궁에 머물면서 모든 미녀를 품어야 한다.

　우수한 두뇌와 아름다운 미모를 결합시키는 걸 보면 유전학에 대한 짐작이 있는 모양이다.

　어쨌거나 모든 것이 끝났다. 곧이어 연회장으로 이동했다. 그래 봤자 바로 옆이다.

　현수는 다섯 미녀와 함께 시종의 안내를 받아 연회장으로 이동하여 공작석에 앉았다.

　당연히 바로 곁엔 다프네가 앉았다.

　"다프네, 이걸 받아."

　"네? 이게 뭔데요?"

　"묻지 말고 일단 받아."

　다프네는 현수가 건네는 펜던트를 받았다.

　슬쩍 내려다보니 가운데 진한 보라색 보석이 박혀 있고 주변엔 알 수 없는 문양이 그려져 있다.

　다프네는 현수와 애틋한 마음이 들 만한 시간을 보낸 적이 없다. 함께 혼돈의 숲을 지나친 것이 거의 전부이다.

　그럼에도 마치 열렬한 사랑을 나눴다 본의 아니게 떨어져 있던 기분을 느끼고 있다.

납치된 이후 너무도 간절히 구해주길 바란 때문이다.

부친 라세안은 자식들에 대한 관심이 거의 없으니 구하러 와줄 확률이 거의 없어 아예 생각지도 않았다.

그렇기에 자신이 아는 유일한 남자이자 호감을 품은 사내인 현수를 열렬히 그리워한 것이다.

이 감정은 점점 증폭되어 지금은 현수가 이 세상의 전부이다. 하여 와락 안겨 그간 있었던 일들을 하소연하고 싶다.

그런데 왠지 분위기가 심상치 않다.

작위식이니 분명 축제 분위기여야 한다. 그런데 바로 곁에 앉은 현수가 유난히 긴장한 듯하기 때문이다.

"자! 이제부터 즐거운 시간을 갖도록 합시다."

상석의 황태자가 신호를 하자 악단이 음악을 연주한다. 가만히 들어보니 왈츠 곡이다.

왈츠 하면 요한 스트라우스이다. 오스트리아의 작곡가이자 지휘자이며 바이올린 연주자로 '왈츠의 아버지' 라 불린다.

현수는 싸미라와 가장 먼저 춤을 추었다.

다음은 도로시 칼라 폰 발렌틴이었고, 스타르라이트, 아만다 프러페 반 도델, 그리고 다프네의 순서였다.

춤을 추며 나직이 속삭였다.

"다프네, 만일 무슨 일이 생기면 아까 준 그것에 달려 있는 끈을 뽑아."

"네? 그게 무슨……?"

"무슨 일이 생기면 그때. 정말 위급하지 않으면 절대 뽑지 말고. 알았지?"

"무슨 일인지 말해주면 안 돼요? 이제 겨우 만났잖아요."

갑자기 불안감이 엄습하는지 다프네는 와들와들 떤다.

"긴장 풀어. 그리고 지금은 그걸 자세히 설명해 줄 시간이 없어. 황궁을 떠날 때까지는 조심해야 하거든."

"알았어요. 근데 무슨 일 없겠죠?"

다프네는 괜히 불안한 기분이 든다. 하여 시선을 돌려 주변을 살피려는데 현수가 먼저 입을 연다.

"아무렇지도 않은 척해야 해. 그리고 이제부턴 아르센 공용어를 쓰지 않을 거야."

현수의 말에 다프네는 고개만 끄덕인다. 몹시 불안함을 느끼고 있지만 그래도 유일한 희망이기 때문이다.

잠시 시간이 흘러 다시 싸미라의 손을 잡았다.

"공작님, 저 잘할게요. 뭐든 시키는 대로 하구요. 투기도 하지 않고 아우들하고 사이좋게 지낼게요."

"…그래, 고마워."

싸미라가 아름답기는 하지만 현수는 전혀 마음이 없다.

그렇기에 허공에 대고 사랑을 고백하는 것이나 다름없음

을 누구보다도 잘 알고 있다.

그런데 이처럼 애처롭고 애틋해하니 참 난감하다.

'싸미라! 난 떠날 사람이야. 어쩌면 나 때문에 평생을 홀로 살지도 모르지만 그래도 마음 주면 안 돼.'

현수는 애써 마음을 다잡았다. 대신 있는 동안엔 잘해주자는 마음을 품었다. 하여 살짝 싸미라의 동체를 끌어안았다.

그래 봤자 약간 떨어져 있던 몸이 조금 더 가까워진 것뿐이다.

"저택 잘 지을 자신 있지?"

"…그럼요. 고마워요. 전부 부군 덕분이에요."

모처럼 시선을 마주치자 함박웃음을 짓는다. 과연 '맥마흔의 요정'이라 불릴 만한 미모의 여인이다.

"잘 지으면 나중에 상 줄게."

현수가 낮은 음성으로 속삭일 때 갑자기 음악이 멈춘다.

무슨 일인가 싶어 시선을 돌려보니 악사들 모두 상석의 황태자를 바라보고 있다. 무언가를 읽고 있다.

아마 황태자의 지시로 연주를 멈춘 듯하다.

황태자의 곁에는 힐만 공작과 제국 특수첩보단장 에단 듀크 후작이 서 있다. 보아하니 상당히 긴박한 내용이 담긴 보고서를 가져온 모양이다.

윈스턴 공작가를 폐허로 만들고 터번스 백작의 저택을 통째로 사라지게 한 인물은 수도에 잠입한 10서클 거수자인 것으로 소문이 나 있다.

하여 어제 하루 동안 맥마흔엔 특수첩보단원들이 새까맣게 깔려 있었다. 곳곳에서 불심검문을 하는 것도 목격되었다.

현수는 물론 거리낌 없이 돌아다녔다.

핫산 브리프 공작에게 어쩔 수 있는 간 큰 특수첩보단원은 없다. 무례를 범했다가 무려 60여 명이나 아공간에 담겨 목숨을 잃었다는 걸 누구보다도 잘 알고 있기 때문이다.

서류를 모두 읽은 황태자가 자리에서 일어선다. 그리곤 무도회장 중심으로 내려온다. 당연히 힐만 공작을 비롯한 수신 호위와 에단 듀크 후작 등도 따라온다.

"핫산 브리프 공작!"

"네?"

현수는 자신을 부르는 소리에 시선을 돌렸다.

"자넨 누군가?"

"네? 누구라니요? 저는 핫산 브리프입니다."

"핫산 브리프는 작년에 바다에서 실종된 인물이야. 자유영지 헤르마에서 배를 타고 이동하던 중 파도에 휩쓸렸지."

"네? 그게 무슨 말씀이십니까? 제가 실종됐다니요?"

현수는 오리발을 내밀었다.

"핫산 브리프의 시신이 발견되어 지금 수도로 가져오고 있는 중이네. 다시 묻겠다. 자넨 누군가?"

시선을 들어보니 황태자의 표정이 굳어 있다. 이 순간 9서
클 마법사들이 순식간에 현수의 주위를 에워싼다.

"말하라! 자넨 누구인가?"

『전능의 팔찌』 48권에 계속…

강준현 장편 소설

FUSION FANTASTIC STORY

개척자
Pioneer

『복수의 길』의 강준현 작가가 선보이는
2015년 특급 신작!

글로벌 기업의 총수, 준영.
갑자기 찾아온 몽유병과 알 수 없는 상황들.

"…누구냐, 넌?"
혼돈 속에서 순식간에 바뀐 그의 모든 일상.
조각 같던 몸도, 엄청난 돈도, 뛰어난 머리도 모두, 사라졌다!

스스로도 알 수 없는 낯선 대한민국의 밑바닥부터
다시 시작해야 하는 준영.

"젠장! 그래, 이렇게 산다!
대신 나중에 바꾸자고 하면 절대 안 바꿔!"

그는 과연 이 상황을 극복하고 자신의 운명을
새롭게 개척해 나갈 수 있을 것인가!

Book Publishing CHUNGEORAM

유행이 아닌 자유추구 -
WWW.chungeoram.com

글삶 장편 소설
FUSION FANTASTIC STORY

[세상을 다 가져라]

문피아 선호작 베스트 작품 전격 출간!
현대판타지, 그 상상력의 한계를 넘어서다!

권고사직을 당한 지 2년째의 백수 권혁준.

우연히 타게 된 괴상한 발명품으로 인해
과거로 회귀한다!

그런데
과거로 온 혁준의 손에 들려 있는 것은 바로
최신형 스마트폰!

"까짓 세상, 죄다 가져 버리겠다 이거야."

백수였던 혁준의 짜릿한 인생 역전이 시작된다!

Book Publishing CHUNGEORAM

유행이 아닌 자유추구-
WWW.chungeoram.com

야차전기

임영기 新무협 판타지 소설

FANTASTIC ORIENTAL HEROES

『무정도』, 『등룡기』의 작가 임영기.
2015년 봄, 야차가 강림한다!

"오 년 후에 백학무숙을 마치게 되면
누나를 찾아오너라."
가문의 멸망.
복수만을 꿈꾸며 하나뿐인 혈육과 헤어졌다.
하지만 금의환향의 길에 벌어진 엇갈림…

모든 것이 무너진 사내 화용군!
재처럼 타버린 위에
삼면육비(三面六臂)의 야차가 되어 살아났다!

악이여, 목을 씻고 기다려라!

Book Publishing CHUNGEORAM

유행이 아닌 자유추구 -
WWW.chungeoram.com